LE SILENCE DE CLARA

Paru dans Le Livre de Poche :

L'Amour aveugle

Belles galères

E = mc² mon amour

Haute-Pierre

Jardin fatal

Menteur

Monsieur papa

Pourquoi pas nous ?

Povchéri

Présidente

Pythagore, je t'adore

La Reine du Monde

Le Sang des roses

Théâtre dans la nuit

Torrentera

Tout ce que Joseph écrivit cette année-là

Villa Vanille

PATRICK CAUVIN

Le Silence de Clara

ROMAN

ALBIN MICHEL

ISBN : 2-253-11731-5 – 1re publication – LGF
ISBN : 978-2-253-11731-5 – 1re publication – LGF

Prologue

Ils sont trois et la lune est pleine.

Leurs ombres se détachent sur les façades d'argent et les murailles des à-pics.

Ils sont regroupés autour d'une tombe dont la stèle s'appuie au pilier de ce qui a dû être l'ancienne chapelle.

Quel est ce lieu ?

Il semble dans la lumière qui sourd de la nuit que les vestiges d'un village disparu se confondent avec les parois de la montagne qui l'encerclent.

L'herbe a envahi les rues, blafarde, elle projette sur les murs éventrés une danse lente et maladive.

Que font-ils là ? Depuis longtemps déjà, aucun mot n'a été prononcé. Il semble pourtant, dans le silence absolu qui règne, que le moindre chuchotement soit amplifié, répété par l'écho transportant les murmures de combe en combe, redits sans cesse, interminablement, de vallée en vallée, sans que jamais ils ne s'éteignent, comme si toute parole avait, en cet endroit, gagné l'éternité, le pouvoir de survivre, portée par les vents qui peuplent la nuit, telles les ailes d'un oiseau invisible... Mais rien ne se fait entendre, ni une plainte, ni un soupir. Ils se tiennent immobiles, étrangers les uns aux autres.

Un homme et deux femmes. La lueur qui les éclaire naît d'un astre glacé qui semble en cet instant diffuser la blancheur plombée que les voyageurs nocturnes reconnaissent comme la lumière même de la mort.

Une des femmes s'est approchée de l'homme, il pose la main sur son épaule. Un geste de possession que seuls peuvent avoir les amants et les maîtres. L'autre n'a pas bougé.

Il semble que tous regardent une forme reposant près de la tombe, mais l'intensité lumineuse est trop indécise pour que l'on puisse la discerner. Elle repose dans la zone d'ombre et nous ne la verrons pas.

Il y a chez ces trois personnages figés sous le ciel nocturne une fixité qui les apparente aux statues ; ils ont été posés là au cœur de ce décor de théâtre pour une pièce sans parole, jouée devant une salle que les spectateurs ont désertée depuis longtemps.

Leurs visages ont disparu dans l'ombre projetée. Ils se taisent toujours.

Qui sont-ils ? Qui les a réunis ? A contempler le tableau qu'ils offrent, on peut penser à une secte, à un rite, à une prière, une attente... Oui, à cela surtout, une attente comme si, venant des cimes les plus hautes, une présence allait descendre les parois pour les emplir d'une vérité, d'une force qui les délivrera et les emportera dans ces gouffres tout proches envahis par la nuit. Seuls les oiseaux au vol lourd connaissent ces gouffres, les rapaces qui, au cœur des hivers, tombent comme des pierres sur leurs proies que le sommeil écrase.

Que font-ils là ?

LIVRE I

Les vacances sont finies

Un matin de feuilles mortes.

J'en avais envie. Bizarre, la plupart des êtres humains ont des désirs de soleil, de plage, de Grand Sud, de Grand Nord, et je sentais monter en moi, depuis quelque temps, le besoin de me retrouver en fin d'automne et sous des nuages ferreux en ce coin de Paris fait pour les pluies lentes et les balades solitaires dans le pays de la mémoire.

Jardin des Plantes, donc.

J'ai pris la matinée, disons que je me la suis octroyée. Je m'étais aperçu, dès que j'avais ouvert l'œil, que la lumière serait blême, et sur les quais de Seine, toutes les couleurs avaient fui. Où étaient-elles ? Peut-être n'en existait-il dans l'univers qu'un nombre limité, et voyageaient-elles au gré des saisons, migrant d'un pays à l'autre selon leur préférence. Il y avait des régions noires et blanches, grisâtres et pâlichonnes, d'autres où les couleurs éclataient, pétillantes et vernissées, s'émoussant ailleurs en aquarelles délavées. Irlande aux verts étirés, pays monochromes... donc voilà, je me suis accordé ce jardin. Pourquoi lui ? J'y ai peu de souvenirs, j'y ai promené Clara quelquefois, certains dimanches, et je ne parviens pas à savoir pourquoi il me poursuit. D'où lui vient cette fragilité ? C'est un havre, Paris s'arrête à ses grilles, dès que l'on a fait quelques pas sous les arbres, la rumeur s'estompe.

Les statues doivent y être pour quelque chose, le vert de leur bronze se fond dans la mousse, de vieux personnages de calcaire fixent de leurs yeux creux les tours, là-bas, de l'autre côté du fleuve, ils paraissent étonnés, vaguement écœurés. Comment peut-on bâtir de si hautes et laides choses ? On ne prête pas assez attention à l'expression des visages de pierre, elle change avec les années...

Je suis content d'être là, il est bon d'obtenir ce que l'on s'était promis... peu de chose en fait : quelques heures à petits pas dans ce vieux parc mouillé qui sent la mort et la pluie. Ce n'était tout de même pas le diable de réaliser cette envie. Là-bas, dans l'allée, des hommes chargent des feuilles dans des tombereaux, malgré la lueur grise du matin tout est laqué d'humidité. À part moi, qui peut venir en ces lieux ? C'est un coin pour promener son chien avant de se suicider.

Sur la droite autrefois se trouvait un petit zoo. En contrebas, dans une sorte de fosse, s'étalait un ours brun et triste. L'odeur montait jusqu'à mes narines, je devais être enfant, une odeur dangereuse et ancienne... Il tournait parfois autour d'un faux arbre en ciment, sa peau s'était usée à frotter contre le tronc. Je me souviens aussi d'un dromadaire, il promenait les enfants le dimanche. Curieux destin pour un vaisseau du désert né dans la lumière survoltée du Hoggar de finir à deux pas de la gare d'Austerlitz avec des mômes braillards sur la bosse.

Un phoque aussi, dans un bassin étroit, stagnait dans une eau verte aux reflets d'épinards. Pourquoi n'ai-je le souvenir que d'animaux cafardeux ?

Pluie légère, pas de quoi ouvrir le parapluie que je n'ai pas...

Pas de retour avant l'après-midi, je les ai prévenus, les rendez-vous ont été reportés. Un matin, bon sang, un simple matin pour sentir l'odeur de l'herbe et tenter de faire le point, tout en sachant que je n'y parviendrai pas, que tout cela restera flou, que ma vie est arrivée, par un jeu successif ou simultané de hasards et de pseudo-nécessités, à être ce qu'elle est, et basta. Toujours ma manie des bilans que je ne termine jamais, que je laisse en rade...

Dire mon nom était un jeu, je l'ai pratiqué souvent à une époque dans les salons. C'est d'ailleurs comme ça que j'ai dû aborder Lorna.

– Mon nom est Bond.

Même pour les non-initiés, ça faisait tilt. Les gens attendaient, redoutant et espérant la suite.

– Ferdinand Bond.

Épouvantable. Ferdinand est l'inverse de James. James, c'est le colt 45, le port altier, l'aventure aux Caraïbes, Ferdinand, c'est calendos, charentaises et congés payés à Châtellerault. Ce n'est pas ma faute, je me prénomme vraiment Ferdinand, et je me nomme réellement Bond. Je dois donc être un compromis entre le week-end aux Bahamas et le caleçon molletonné.

Lorna avait ri. À l'époque traînait cette vieille idée qu'une femme que vous faites rire est une femme conquise. J'avais pu constater ce soir-là que cette vieille idée était une vraie connerie. Nous ne nous étions trouvés dans le même lit que trois mois plus tard. Il est vrai que je ne suis pas un rapide, je crains toujours d'importuner.

Clara est née en 1995, quatre ans après notre mariage, au moment où nous commencions à désespérer et à loucher du côté des Coréens et d'une adoption éventuelle pour laquelle Lorna envisageait de se faire brider les paupières : « Au moins que j'aie l'air d'être sa mère à cette Chinetoque... » J'ai beaucoup ri avec Lorna toutes ces années. Sans doute avait-elle calculé qu'il fallait me fournir une bonne dose de bonheur avant de m'assommer sans anesthésie préalable. De ce point de vue, elle n'a pas manqué son coup.

Il traîne un relent d'or amorti dans le pourpre des feuilles mouillées que mes semelles écrasent... Avance, grand garçon, avance, parcours cette allée que longent des bancs vides... cette fois jamais l'été ne pourra revenir, il y aurait trop de chemins à parcourir, trop de brouillards et de nuits à soulever. Et personne au bout de la route, voici longtemps que Lorna a disparu, emportée vers un autre univers.

J'ai tout de même stoppé la dépression, seul, comme un grand, sans toubib, sans Prozac, j'ai marché au whisky, au boulot, à la conquête, et puis j'avais Clara, je ne pouvais pas craquer, j'ai marché au canon, et le canon a tonné trois ans, il tonne encore, parfois. Mais je sais aujourd'hui ce que j'ignorais alors : il se taira un jour. Peut-être même arriverai-je à me forcer à penser à elle pour constater que les douleurs se sont enfuies, que j'ai relevé les ruines, maladroitement sans doute, mais tout tient debout maintenant.

Il est toujours possible de se trouver des responsabilités. La boîte où je travaille avait du mal à démarrer, je n'ai pas été assez présent après la naissance. Les guili-guili devant un berceau n'étaient manifestement pas mon truc. Je n'ai pas cherché à me forcer, j'aurais dû. Peut-être qu'après tout le seul son d'une voix peut changer le destin d'un être, qui sait ?

J'ai toujours pensé que les catastrophes arrivaient le

dimanche soir. Cela doit me venir de l'enfance : la nuit tombe sur la ville, les premières lampes s'allument et il reste si peu de temps avant l'école. Une nuit et ce sera demain, et déjà les couloirs aux odeurs de craie, les bourrades, la dictée du matin... C'était donc un dimanche soir : Lorna si pâle dans le contre-jour, assise sur le canapé. Par la baie, la ville s'étendait, les toits de zinc que le couchant teintait de vieux parme.

– Quelque chose ne va pas, Ferdy.

Je la distinguais mal, mais j'ai dans l'oreille le son de sa voix.

– Qu'est-ce qui ne va pas ?

– Cette gosse.

– Qu'est-ce qu'elle a ?

Elle s'était levée, j'avais vu surgir son profil sur le tulle des rideaux.

– Elle ne sourit pas. Jamais.

C'était vrai, elle n'avait jamais souri. Elle n'avait jamais pleuré non plus. Il y avait gros à parier que la vie passerait sans qu'elle connaisse ni le rire ni les larmes. Après tout, ça pouvait ne pas être plus mal.

C'est à ce moment-là que les examens ont commencé. Les tests en batterie, les épreuves psychomotrices, les scanners, les mesures d'influx cérébraux, les analyses sanguines... J'accompagnais, j'étais là, mais pas assez... je le sentais bien, quelque chose en moi me tirait du côté de l'indifférence, plutôt une tentative pour ne pas me faire agripper par la tragédie qui serait celle de notre enfant. Je désertais, oui, je peux l'avouer à présent, je désertais. Clara était entre les mains des spécialistes, c'était à eux de trouver des solutions, pas à moi...

Lorna m'en a voulu de ce retrait. Je me préservais c'est vrai, sans doute parce que je n'étais pas assez costaud pour encaisser le choc, j'avais pour cela une excuse toute prête ; je devais faire tourner la boîte. C'était un instant crucial pour l'entreprise, comme si tous les instants ne l'étaient pas. En fait aucun instant n'est crucial, sinon pour les imbéciles ou pour les types qui préfèrent ne pas rentrer trop vite chez eux. Ça a dû être mon cas durant ces mois-là. Ah, cette boîte ! quelle mauvaise excuse, quelle pitrerie ! Celui qui ne travaille pas dans la production cinématographique de ce début de XXIe siècle ignore jusqu'où peuvent aller les humains dans le lamentable, la prétention et la servilité... Je rencontre quinze Orson Welles par jour, vingt-cinq futurs Gabin, cinquante actuelles Garbo, et c'est pour ce monde d'outrance et de ridicule que j'ai embarqué ma vie dans le droit fil des tempêtes. Navigue, beau marin, le bateau chavire, et de belle manière.

À quatre ans, il fallait assommer Clara de drogues, des doses à endormir un cheval, et elle résistait comme si la mort était embusquée derrière ses paupières. Ne pas fermer les yeux surtout, fixer ce monde éternellement. Je sais aujourd'hui que l'on peut crier avec ses pupilles. Je n'ai même pas voulu me l'imaginer : un bébé pour qui la vie serait une unique douleur, un fer rouge. Des nuits à la bercer, jusqu'à ce que la voix s'apaise peu à peu, une plainte mourante comme une corne dans la brume, exténuée, deux années avant qu'on ne trouve une molécule plus efficace, un vrai calmant. Il y eut des périodes d'espoir, des moments où elle cessait de se balancer, des regards où nous traquions une étincelle, une reconnaissance... Et moi qui tentais de rameuter les banques et les chaînes pour bâtir des coproductions...

On ne voulait que des comédies ces années-là, de

belles gaudrioles, juteuses et épanouies, le patron insistait là-dessus. Impossible de monter un projet sans un comique, une rigolote patentée, pas question de se pointer avec un scénario sur le mal de vivre, le boss savait d'avance que ça ne ferait pas un esquimau. C'était sa mesure, ça, les esquimaux, il n'avait pas dû s'apercevoir qu'on n'en vendait plus depuis vingt ans, que les entractes avaient disparu avec les ouvreuses, et avec les ouvreuses les chocolats glacés... Étrange, le père Malorin. Je travaillais avec lui depuis des siècles et je n'avais pas encore décidé s'il était gâteux ou génial. Les deux sans doute, il avait engrangé des triomphes, investi des paquets de dollars sur des projets pitoyables, et à soixante-quinze ans il s'effondrait chaque matin dans son fauteuil de producteur en tirant sur sa première Lucky Strike sans filtre. Il en fumait deux paquets par jour en hommage à Humphrey Bogart dont il avait racheté les droits des premiers films. On l'y voyait passer à vingt-cinq balais, cheveux plaqués, pantalons de golf, lâchant son texte du coin de la bouche, visiblement emmerdé d'être là, puis disparaissant, sans doute appelé sur un autre plateau où il ferait la même chose avec une raquette de tennis sous le bras. Malorin avait toutes les cassettes des films de Bogie. Il l'appelait Bogie, il avait l'impression d'être suffisamment familier pour cela.

– Vous l'avez vu dans *Up the River* ?

Bien sûr que je l'avais vu, je ne me serais pas hasardé à dire le contraire. Un navet gigantesque. Bogart finissait déguisé en femme avec Spencer Tracy.

Et Malorin continuait à faire tourner de navrantes histoires de cocu avec, au cœur, le regret de ne pas avoir monté *Plus dure sera la chute* ou *Le Trésor de la Sierra Madre* !

– Je veux que les salles se tordent de rire. Vous entendez : qu'elles se tordent ! Vous avez vu les tronches dans les multiplex ? Non mais, vous avez vu leurs tronches ? Moi j'allais au ciné comme on va à l'église, eux ils y vont comme on va aux putes ! Vous les avez vus entrer dans la salle ? Non mais, vous les avez vus entrer dans la salle : ils ont plein de trucs pour pas regarder, des seaux de pop-corn, des chewing-gums, des Coca, y en a qui gardent le walkman sur les oreilles, et quand on leur demande si c'était bien, vous savez ce qu'ils répondent ? non mais, vous savez ce qu'ils répondent ? Ils disent : oui, c'était marrant. Ils se rappellent plus rien mais ils savent que c'était marrant, qu'ils se sont marrés, et s'ils se sont marrés, ils le disent, si c'était triste ils disent pas que c'est triste, ils disent : c'est chiant. Voilà, c'est ça le monde d'aujourd'hui, si c'est triste c'est chiant, mais si c'est marrant c'est marrant, alors ils le disent : c'est marrant. Et les autres, quand ils entendent ça, qu'est-ce qu'ils font ? Hein ? Qu'est-ce qu'ils font ?

– Ils y vont.

– Eh bien, voilà, ils y vont, vous avez tout compris, vous pouvez être producteur, vous n'avez pas besoin d'en savoir plus.

Pourquoi est-ce que j'aime bien ce type ? Sans doute parce qu'il assène ses vérités en sachant qu'elles sont fausses. Je sais qu'un jour, sans doute celui où il raccrochera, il me dira qu'il n'a jamais su à quoi tenait le succès, qu'il y a des pistes vagues, changeantes et imprécises... qu'il a manœuvré à vue et qu'il a gagné parfois autant qu'il a perdu.

Onze heures déjà... rien ne file plus vite que le temps libre, ce qui est bien compréhensible : lorsqu'on laisse aux minutes la bride sur le cou, elles en profitent pour accélérer, elles s'emballent. Voilà près de deux heures que je suis là, sous ce demi-crachin. Les feuilles tombées depuis longtemps ont pris la couleur rouillée des vieilles ferrailles, il monte d'elles une odeur pourrissante.

Cinq ans, Lorna, tu as tenu presque cinq ans, bravo, le régime était dur, beaucoup seraient parties avant... Lorsque les jours sont plus lents que d'autres, il arrive que je me dise que d'autres seraient restées et y seraient encore, mais les circonstances se sont conjuguées pour te faire prendre ta décision. Clara avait eu une rechute, disons une accentuation de ses crises qui la transformaient en boule de fureur, inapprochable, inabordable, roulée sous les meubles. Trop de gens la soignaient à ce moment-là, trop de termes médicaux se croisaient et se percutaient dans nos têtes, il allait bientôt nous falloir un dictionnaire de psychiatrie pour nous comprendre. Et un beau jour, un beau soir tu as lâché la rampe. Nous ne baisions plus depuis des mois, et il y avait eu ce mec que je n'avais jamais vu, que j'imaginais avec une gueule d'ancien torero, il t'avait accrochée d'un sourire de publicité pour dentifrice, il trimballait sans doute une tronche de souteneur sicilien alors qu'en fait il n'y avait pas plus rangé que lui : ingénieur, veuf sans enfants, il construisait des ponts, des routes, il possédait un mas en Provence où tu avais posé le sac une bonne fois, loin des cris, loin de Clara, loin de moi.

Tu me l'avais dit, clairement, sans ambages : rester c'était mourir. Il te fallait partir, balancer la vieille vie, manque de chance, j'étais dedans. Clara aussi. Pas de pitié ! Les mots avaient sonné, pas de sacrifice, tu voulais survivre, tu voulais vivre, tu voulais aimer, connaître encore les beaux ravages, les grandes bousculades, retrouver le rire d'autrefois, l'insouciance, peut-être le bonheur. Je te l'ai souhaité, Lorna, j'y suis arrivé, j'ai mis du temps mais aujourd'hui j'y suis arrivé.

– Je te plaque. Je pars et personne ne pourra me pardonner. Je ne veux plus te voir, je ne peux plus la voir. De plus j'en aime un autre, j'en baise un autre, si je pouvais changer de nom, je le ferais, je change de vie. Ne me donne pas de nouvelles, je ne veux pas savoir ce qu'il advient de vous deux. Tu n'en as pas besoin mais je donnerai de l'argent, pour elle.

Elle se tenait devant moi, et les mots sortaient, calmes et durs, des billes d'acier étincelantes, elle ne s'était pas réfugiée dans une lettre ni masquée derrière un téléphone.

– Tu ne dis rien ?

Je ne suis pas très vieux ni très sage, mais je savais cependant qu'on ne retient pas une femme qui part. Nous avions eu notre temps d'amour, nous baisions sans arrêt, partout, il y avait eu ces quelques années où les villes se résumaient à des chambres, les trajets à des impatiences, la furie nous emportait... Et puis Clara était née.

Qu'aurais-je pu dire ? Protester que son devoir était ici ? Avec nous ? À tenter d'approcher ce bloc de rage qui ne l'avait jamais appelée maman ? Qui ne l'avait jamais reconnue ? C'était étrange d'ailleurs, l'enfant m'avait mieux supporté qu'elle... Inexplicable, comme si j'avais possédé un pouvoir magique d'apaisement : les cris cessaient lorsque je la prenais dans mes bras, disons qu'ils faiblissaient...

C'est vrai : tout a été mieux dès que tu es partie. Je connaissais tes décisions, elles étaient irrévocables, c'était un gag entre nous autrefois : cette manie de ne jamais changer d'avis, sous aucun prétexte, comme si la vie en dépendait... cette robe plus pâle t'allait mieux, tu en convenais la première, mais pas question, tu avais choisi l'autre d'entrée, alors pas de faiblesse, intransigeance toujours. Tu avais confondu les rouleaux de printemps avec les pâtés impériaux, c'étaient ces derniers que tu voulais, mais tu avais commandé les premiers, alors on ne changeait rien, on n'échangerait pas. Tu avais choisi ce type contre moi, et je n'avais rien à dire. Je pouvais simplement admettre que je l'avais bien cherché, que je m'étais laissé envahir par l'absence d'envie, par ce marasme qui s'était installé entre nous, je ne m'étais pas secoué, quel con j'étais... à croire que les parents d'autiste ne pouvaient plus tirer un coup par peur d'en fabriquer un autre.

J'avais failli, certains soirs, la prendre dans mes bras, tenter d'oublier, mais il y avait ce tambour lent, régulier, qui emplissait la chambre. Clara heurtait du pied le bois de son lit, un tam-tam incessant, funèbre, le bruit s'amplifiait de seconde en seconde, il envahirait la rue, la ville, il grimperait jusqu'aux étoiles, emplissant les galaxies... Lorna s'était levée et une épouvante était apparue dans ses yeux : jamais plus il n'y aurait de silence, jamais plus il n'y aurait de paix.

Elle avait fui. Dans mes moments de grâce, je pouvais penser qu'elle avait bien fait. Les crises de Clara s'étaient espacées jusqu'à s'interrompre. Le professeur Morlon qui dirigeait le service de psychiatrie pédiatrique avait enregistré le fait sans commentaire. Le résultat était là, surprenant : depuis le départ de Lorna, tout avait changé. La petite avait commencé à manipuler les cubes de couleur, il n'y avait pas encore de tentatives de rangement suivant la grandeur, mais quelque chose bougeait. À plusieurs reprises en rentrant le soir, il m'avait semblé percevoir comme une esquisse de sourire, le regard se fixait à présent... les petits doigts serraient les miens.

À peu près un mois plus tard, elle avait cessé de jeter les feutres contre les murs, elle avait découvert sur le papier les traces que laissait le passage de sa main. Des gribouillages initiaux, elle en était venue à des formes plus douces, moins répétitives.

Une nuit, une idée m'avait fait me dresser dans mon lit, pas une idée vraiment, une question plutôt, une question qui me semblait contenir la réponse : et si la folie de l'enfant était due à la présence de la mère ? C'était une thèse que certains soutenaient, pour d'autres elle était à l'opposé de toutes les lois, si tant est qu'il y ait des lois dans le domaine de la psychologie familiale. J'avais le souvenir de cas où l'éloignement d'un ou des deux parents avait été positif pour l'enfant. Cela se produisait souvent dans des cas d'anorexie. J'avais encore en mémoire une voisine, vingt-cinq ans, trente-cinq kilos, elle avait guéri quand le père était parti à l'autre bout du monde.

La bruine a cessé, une lumière vibre derrière les nuages, nous risquons d'avoir une belle après-midi, je m'en fous... J'aurai eu ma matinée d'humidité, à petits pas frisquets, dans l'automne de ce jardin imbibé, je l'attendais depuis longtemps.

Du travail dans les heures qui viennent, un montage qui n'en finit pas, trois fois que le réalisateur change de monteuse. Une tentative désespérée et idiote pour donner du relief à des images en les changeant de place, alors qu'elles restent tout aussi plates, quel que soit l'endroit où elles sont. J'ai deux solutions pour qu'il arrête : le virer ou le payer. Dans le premier cas j'ai le syndicat des réalisateurs sur le dos, dans le deuxième j'ai Malorin...

J'espère m'en sortir comme d'habitude par une solution bâtarde, un peu de compliments, un peu de reproches, des remarques du style « le mieux est l'ennemi du bien » ou « la perfection n'est pas de ce monde », ce qui est particulièrement exact dans son cas.

Voilà, fin du temps volé, je cesse d'être un flâneur, dans moins d'une heure je serai de retour au pays d'activité...

Ces deux heures à déambuler m'ont-elles fait du bien ? Je n'en sais rien. Peut-être. Après tout, les ressassements ne sont pas inutiles. Se répéter les choses les laisse intactes, mais cela les empêche de moisir au fond de l'âme.

Il va être bientôt midi et je suis un type qui marche dans ces allées vides. Dans ma vie, une femme est passée, il m'en reste une enfant dont le sort s'améliore, semble-t-il. Guérie, un jour ? En connaîtrai-je des sourires, des mots ? Qui sait... Les amertumes ont fui, je dois être une bonne pâte au fond, plus compréhensif que je ne le pensais. Je n'ai pas eu de colère réelle, je dois être un homme de chagrin, j'espère que l'une de mes composantes s'appelle oubli. Des envies de femmes me reviennent, elles sont abstraites, elles ont cessé d'avoir le visage de Lorna, elles naissent au hasard d'une cambrure, d'un sourire, d'un regard. Il faudra bien que je m'y remette un jour. Toujours cette propension à foncer droit dans les catastrophes.

Cette fois la pluie s'est vraiment arrêtée, les flaques sont immobiles devant le vieux musée, les arbres s'y reflètent, inversés.

Les vacances sont finies.

Deux heures dix du matin

Panique.

Bon Dieu, cette fois j'y suis. Enfin, je vais y être.

Je pouvais quand même bien me douter que cela arriverait à nouveau, que je ne finirais pas dans un monastère.

Les yeux qu'elle me fait ! Évidemment, j'ai l'air d'un con, je tarde trop, j'aurais déjà dû me précipiter, faire l'empressé, l'énamouré, alors que là je traîne, je paresse. Elle va commencer à se demander si, fondamentalement, je ne lui plais pas, ce qui est d'autant plus éprouvant que, fondamentalement, elle ne me plaît pas.

– Viens...

Oui, j'arrive... Qu'est-ce qui me bloque ? Clara dort à cette heure, la nurse la surveille de toute façon, je suis libre, je suis plaqué, j'ai le droit de me trouver chez cette dame qui, manifestement, a des vues précises à mon endroit. Sans équivoque aucune, Gérard n'avait pas desservi les hors-d'œuvre que, déjà, elle s'escrimait sur mon zip.

– Gilberte, je te présente Gilberte.

J'aurais dû me douter qu'il allait me refaire le coup. Difficile, depuis le départ de Lorna, d'aller bouffer chez lui sans qu'il me colle une prétendante au trône entre les bras. Comme son studio est minuscule, nous mangeons à trois sur un guéridon de bistrot où il est difficile de ne pas se heurter, se frôler, se coller, en été on reste soudés, imbriqués, les départs se font avec des bruits de ventouse. La dernière – Juliette, si je me souviens bien – avait tellement picolé qu'elle avait mangé dans mon assiette, en commençant par la sienne et finissant par la mienne. Le double repas. Elle travaillait dans les chapeaux, je n'avais pas compris si elle les fabriquait ou les vendait...

Elle avait débuté dans la délicatesse, avec des mimiques pointues :

– Oh ! du sancerre ! j'adore le sancerre... ce parfum de sous-bois... ce bouquet.

En entamant le troisième litron, elle s'était demandé si ses plus grands orgasmes n'avaient pas eu lieu alors qu'elle avait deux mecs dans son lit, sa paupière s'était baissée deux fois tel un rideau de fer : clic-clic, un vrai dessin animé, une adepte de l'allusion appuyée. Gérard m'avait jeté un œil torve. On se connaît depuis trente ans, mais de là à se retrouver, tous les deux tout nus, à trombiner une modiste bourrée comme un camping-car, il y avait de la marge.

Il avait fallu la ramener chez elle, elle avait chanté du Claude François dans la voiture, déjà Claude François lui-même, ça peut, à la longue, être pénible, mais elle, c'était indescriptible. Elle habitait à l'autre bout de la planète en plus, du côté de Joinville, elle n'arrivait plus à reconnaître sa rue, on a failli la jeter dans la Marne. À trois heures du matin, Gégé s'est garé près du canal Saint-Martin et on s'en est grillé une en respirant l'air de la nuit et l'eau morte.

– Jure-moi de ne plus jamais chercher à me caser.

– Il te faut une femme, tu ne vas pas continuer à te tirer sur l'élastique jusqu'à la fin des temps.

Gérard est un véritable ami.

– Je ne me tire pas sur l'élastique, fous-moi la paix, si je veux me trouver une fille j'y arriverai bien tout seul.

C'était évidemment absolument faux, mais il est parfois bon de s'affirmer plein de possibilités volontairement inexploitées.

J'étais tout de même arrivé à lui arracher une promesse : lors de mes prochaines visites nous ne serions que tous les deux.

Huit jours après, crac, Gilberte.

Une gastro-entérologue. L'idéal pour un mec comme moi qui a des digestions difficiles. Peut-être Gérard a-t-il pensé que ça pourrait me rendre service. Mais où les trouve-t-il ? Comment s'y prend-il ? Pas vilaine Gilberte d'ailleurs, la quarantaine explosive, ça c'est certain. Elle c'était pas le pinard, c'étaient les cigarettes : lapin chasseur à la Marlboro, profiteroles à la gauloise sans filtre. Elle fumait en mangeant, la sèche collée à la lèvre, ça ne l'empêchait pas de mastiquer : pas de marque préférée, elle avait de tout dans son sac, un vrai bureau de tabac dans son Vuitton. On s'était roulé la gamelle dans la descente d'ascenseur, une dévoreuse exacerbée. Dans la voiture elle m'a demandé si ça m'avait plu. Essayez de dire non dans ce cas-là. J'ai donc dit oui. Elle en a tiré immédiatement la conclusion qui s'imposait : faut recommencer. Elle a allumé une Rothman au mégot d'une gitane maïs, et cap sur le monde frénétique du désir.

D'où la panique.

Des statues chez elle, des plâtres sur les meubles, mais pas le temps d'admirer, son but, dont rien ne pouvait la détourner, était de me faire jaillir de mes vêtements, tendu comme une arbalète.

Mais pas d'arbalète à l'horizon, quelque part au fond de la nuit Lorna se tordait de rire : derrière les fenêtres, sur un fond d'arbres qui devaient être ceux du parc Monceau, son visage emplissait la baie vitrée... Tu n'y arriveras pas, petit bonhomme, range ton fourbi et rentre chez toi, pas la peine d'insister, je suis encore trop présente, tu n'as pas oublié la forme de mes hanches et tes oreilles ont conservé la plainte de mon plaisir.

– Je ne peux pas, Gilberte.

J'ai bloqué ses poignets dans l'ombre du corridor. Corridor : il y avait un vers de Rimbaud : « le long du corridor aux tentures moisies... » Pourquoi me revient-il en cet instant ? Rien n'était drôle tout d'un coup, ni cette fille qui cherchait un amour pour remplir sa vie ni moi qui me sentais soudain en manque d'une femme perdue. On pouvait tout dénigrer, ricaner, jouer les humoristes, il ne restait qu'un marasme, une envie de pleurer, toute bêtasse, toute simple... Je cherchais mes envies en me disant qu'elles seules me redonneraient le goût de vivre. Je voulais quoi ? Que les progrès de Clara se confirment, d'abord, et produire quelques films pas trop cons, et basta. Mais Clara d'abord. Gilberte dans tout cela n'avait pas de place, on ne pouvait même pas dire qu'elle arrivait trop tôt. Une petite tête sympa, affriolante, pas stupide, mais je ne me retournerais jamais sur elle, alors qu'est-ce qu'on allait faire ? S'empêtrer dans une histoire où rien ne correspondait à une nécessaire douceur ? Elle fonçait, Gilberte, droit dans des murs, c'était facile de comprendre son problème, il pouvait se résumer en quelques mots : avoir un mec à tout prix, à n'importe quel prix, stopper les solitudes, se faire tringler par n'importe quel chien coiffé pour pouvoir se dire que, peut-être, les jours qui suivraient la première nuit seraient différents, ouverts sur des questions, des occupations, exister autrement que seule.

Je me suis excusé, j'ai parlé de pannes pour ne pas la vexer, j'ai prétendu être suivi par un sexologue, j'avais son téléphone, je la rappellerais, elle ne m'a pas cru, je me suis rhabillé, plus exactement reboutonné, elle n'a rien dit, je devinais à peine son visage dans la pénombre. Je suis parti comme un voleur.

La nuit était douce. Décidément l'automne ne s'installait pas, l'été traînassait, j'ai pris les quais. Une constatation s'imposait : je n'étais pas aussi guéri de Lorna que je l'avais cru. Cela m'avait paru trop facile. Il devait me rester un chemin à parcourir, plus long que supposé.

Suzanne Cornier sommeillait vaguement sur le canapé. Elle s'est levée dès que je suis entré, pressée de rentrer chez elle, il était près d'une heure du matin.

– Elle dort. Elle n'a pas voulu de haricots verts.

Ça, je pouvais le comprendre. De toute façon, elle avait mangé le reste, pas de quoi se plaindre.

– Elle a joué avec les feutres. Très bonne humeur toute la soirée.

Cela ne signifiait pas risettes, roucoulements, babil et galipettes, la bonne humeur de Clara, c'était cet état suspendu au-dessus d'un à-pic de souffrances. La rage douloureuse qui durcissait ses muscles comme des cordes se relâchait, les sons qu'elle émettait devenaient plus proches du langage, les mains s'ouvraient.

Je me suis servi un whisky. La lumière tamisée a éveillé des reflets, ambre de l'alcool dans le pétillement du cristal. Un scotch la nuit dans le lent balancement des glaçons transparents. Paris dehors, endormi...

Suzanne Cornier a enfilé un imperméable rosâtre, de la nuance qu'avaient autrefois les corsets des vieilles dames. Je l'aime bien. C'est une pro. Lorsque c'est elle qui garde ma fille, je sais que rien ne lui arrivera. Elle est la plus rassurante de toutes celles qui se succèdent à la maison. Je ne sais rien d'elle, de sa vie, sinon qu'elle a travaillé quelques années en institution privée dans le Loiret, qu'elle habite dans une banlieue lointaine dont le nom m'échappe et qu'elle rejoint au volant d'une Mercedes : elle l'a récupérée dans le garage d'un client qui la lui a léguée à sa mort, elle l'entretient elle-même avec le soin et la douceur qu'elle met à changer ses jeunes malades.

– Au revoir, monsieur Bond.

– Au revoir, madame Cornier, à demain.

Son pas décroît dans le couloir, les escaliers. Elle ne prend jamais l'ascenseur. Claustrophobie.

Allez, une cigarette.

Je les avais chassées de ma vie. En grande partie pour Clara. Ça n'avait pas été difficile. Je regarde toujours avec surprise ceux qui parlent de difficultés pour s'arrêter. Encore des habitants d'une autre planète. Fumer n'est pas une fatalité. Le truc, c'est de ne pas culpabiliser pour une clope de huit centimètres.

J'ai retiré mes chaussures et me suis étalé sur le divan, le verre en équilibre sur l'accoudoir s'illumine de la flamme du briquet.

Fumée droite, bleue, tabac, chaleur. Dure journée, si j'y réfléchis. Un conflit à gérer entre un réalisateur-scénariste et un scénariste qui voudrait être réalisateur. Le premier sait filmer et pas écrire, c'est l'inverse pour le deuxième. Il serait donc sage et profitable pour leur projet commun que celui qui sait écrire écrive, et que l'autre se contente de filmer. Erreur, les choses ne se passent pas ainsi au royaume de dame Cinéma. Le problème est ardu car celui qui ne sait pas filmer écrit en tenant compte de la façon dont il filmerait s'il était à la réalisation alors que l'autre lui demande tout simplement de ne sortir son stylo que pour mettre du peps dans des dialogues que lui, qui ne sait pas ce que c'est qu'une phrase, tartine à longueur de séquence. Un an et demi de boulot, sept moutures pour l'histoire la plus simple qui soit au monde, Malorin a fermé le robinet, et c'est à moi de sauver les meubles. Si les choses continuent ainsi, les meubles vont être réduits, nous allons nous retrouver dans le secteur court-métrage.

Malorin a préféré ne pas assister à cette énième rencontre.

– Ce qui est incroyable avec ce con, c'est que lorsqu'il filme deux types, dont l'un demande à l'autre de lui passer le sel, il ne faut surtout pas qu'il dise « passe-moi le sel », on dirait que c'est vital pour lui. Résultat, à l'arrivée...

– Pas un esquimau.

– Je ne vous le fais pas dire.

Malorin fait craquer ses phalanges : il est lancé.

– Il pourrait ne rien lui dire, ce serait encore mieux : plus facile à filmer, plein de gens se servent de sel tout seuls, sans rien demander à personne, mais lui, c'est pas ça. Le type bouffe, regarde la salière, gros plan sur la salière, regros plan sur le mec qui continue à bouffer, il dit au bout d'un quart d'heure : « Maman est morte d'un cancer du cerveau et j'ai des migraines infernales. » Comme il ne trouve pas de réplique parce qu'il n'y a pas de réplique à trouver à une remarque pareille, et qu'il faut bien que les acteurs disent quelque chose, le même mec ajoute : « Tu ne dis rien, c'est parce que tu t'en fous ? » L'autre finit par répondre, et en route pour une engueulade, avec au bout du compte une histoire de pédés schizophrènes alors qu'on était partis sur un polar à la Melville. Ses personnages ne savent pas se taire, et quand ils ne se taisent pas ils disent des conneries, mais de toute façon il n'y a pas à se gêner : c'est moi qui débloque les fonds... Eh bien, tu leur dis que c'est fini, je ne balance plus la queue d'un euro.

Donc, déjeuner avec les deux lascars. Ils n'ont pas avancé d'un pouce, ils se fuient du regard, manifestement ils sont à cran, pataugent chacun dans les mêmes cacas qu'au départ. Mauvaise foi en plus, mais j'ai un avantage sur eux : je sais que, chacun de son côté, ils ont signé un contrat avec des productions différentes, un pour écrire un trois fois quatre-vingt-dix minutes pour TF1, l'autre pour tourner en Espagne avec Huppert au début de l'an prochain. En fait, ils ont dételé, ils n'y croient plus, ils ont touché suffisamment de pognon pour se retirer avec les honneurs, et je sais ce qu'il faut faire dans ces cas-là.

Je pose ma main sur le manuscrit placé à côté de mon assiette.

– Ce n'est pas bon, les modifs n'ont rien amélioré. On ne va pas rester là-dessus jusqu'au dessert, je ne ferais que me répéter. Ce projet n'aboutit pas. Après une longue discussion, Malorin et moi sommes parvenus à la conclusion que l'acharnement n'apporterait plus rien. On arrête les frais. Êtes-vous d'accord ?

Ils sont d'accord, ils renâclent un peu, histoire de ne pas valider l'échec aussi vite, mais ils en conviennent sans trop de douleur, encore un projet avorté. Ça ne manque pas dans une carrière.

– J'ai préparé une lettre de désengagement de votre part, vous me la renvoyez, signée.

Des deux, c'est le plus jeune le plus retors :

– Pourquoi si vite ?

Je ne sourcille pas. Je peux donner dans l'Actors Studio si je le veux.

– Pas la peine de laisser traîner. Quand c'est classé, c'est classé.

De la pointe de la fourchette, j'ai pioché dans mon navarin.

– Il y a autre chose ?

Je soupire.

– Il n'y a pas autre chose, il y a quelqu'un.

– Qui ?

– Rien n'est officiel, je n'ai pas le droit.

Leurs glottes remontent ensemble, un synchronisme de numéros de music-hall. Tempête sous les crânes. Ils savent que nous avons un carnet d'adresses, que Malorin a l'oreille de quelques compagnies américaines : voilà que leur belle histoire leur échappe, qu'elle va être retapée par des script doctors, tournée par Scorsese ou Ridley Scott ou les frères Coen, va savoir, comment savoir ? Et voilà la soirée des Oscars, et les prix vont au film, tous, et c'est leur film, et c'est pas eux dans le smoking, adieu flashes et gloire, ça leur apprendra à merdoyer...

Je prétexte une envie de pisser pour les laisser seuls. Ils sont en train de se composer un emploi du temps, ils vont tenter l'impossible, une fois encore. Je leur laisse une pause, je me rassois au moment où ils rangent leurs agendas.

– Un café ?

Trois cafés. Ils ne me demandent pas leur lettre de renonciation, ça tombe bien, je ne l'ai pas écrite. Je les écoute m'expliquer qu'ils s'accordent le remaniement de la dernière chance, ça passe ou ça casse, ce sera l'ultime tentative. On est d'accord là-dessus. Rendez-vous dans quinze jours, pas un de plus.

La fumée ondoie dans les verres, elle semble se diluer dans les ors moirés de l'alcool... Silence.

J'irai voir Clara tout à l'heure. Même son sommeil a changé. Il y a un an encore, il n'était ni une halte ni un repos, simplement une immobilisation de la douleur. Une petite statue, compacte, refermée sur la haine du monde, conservant dans chaque millimètre de sa chair comme une charge, une énergie retenue de désespoir... Cette densité s'est amoindrie au fil des mois, peu à peu le bloc s'est défait, fissuré, les bras ont cessé d'être la protection du corps, les jambes recroquevillées ont conquis leur espace et je me souviens de ce matin où, remontant sa couverture, j'ai découvert que sa main s'était ouverte. Personne ne peut savoir ce que j'ai éprouvé en cet instant, j'étais le père d'une fillette dont les doigts pouvaient s'ouvrir... Ce fut ma plus belle journée depuis longtemps. Lorna était déjà partie. Dommage.

Les séquences de gestes répétitifs sont moins longues. Moins d'ecchymoses aussi, tout se passe comme si elle apprenait peu à peu à avoir pitié d'elle. Je me souviens de ce que nous avait dit un des premiers toubibs que nous avions consultés lorsqu'elle avait commencé à se frapper le visage : « Il lui faut expier l'effroyable péché d'exister. » Une maladie métaphysique, l'autisme au fond : Clara se situait au-delà de tout, de la raison, du langage, dès ses premiers mois elle avait été ailleurs. Mais où ?

Clair de lune sur la moquette. Je me suis souvent levé la nuit pour la voir, pour rien, pour desserrer les sangles, remonter une couverture, pour être là. J'y retrouvais Lorna quelquefois. Allons, elle aura tenu cinq ans. En bon petit soldat, vaillant, courageux, et puis elle a compris qu'il n'était pas question de lever le pied, cette course à la mort excluait les ralentissements : ou l'on quittait le circuit ou l'on continuait toute sa vie. Elle a choisi, elle me l'a dit : elle ne pouvait plus... Et puis, la rencontre avec le matador a dû précipiter sa décision. Bon vent, la belle !

Un bon milliard de fois que les mêmes mots me reviennent en tête : « Bon vent, la belle ! » Combien de fois ne l'ai-je pas pensé, je dois vouloir m'en persuader, je dois vouloir m'obliger à penser que je ne t'en veux pas... De la porte, on devine la blondeur des boucles sur l'oreiller, je m'émerveille en imaginant le visage qu'elle aura lorsque viendra son premier vrai sourire... Je l'imagine, je suis certain que ce sera ainsi, une fossette à la joue gauche et la clarté des yeux pâles...

Elle dort.

Dans les couloirs de l'hôpital, j'ai croisé des fillettes plus âgées qu'elle, des adolescentes, des femmes. Peu à peu leurs traits s'imprègnent des stigmates du vide, les lèvres s'alourdissent, s'entrouvrent, les muscles fatigués par le rythme des saccades laissent pendre la tête. Nous ne voulions pas cela, c'est la raison pour laquelle Lorna a fui, la jolie Clara, le bébé-frimousse se transformerait, sur les traits tendres encore de jeunesse viendrait peu à peu se plaquer le masque que crée le monde des pensées mortes : la marque physique du vide et de l'effroi, il serait là, ce visage des êtres dont la peur est l'unique lot.

Elle dort.

C'est une chambre d'enfant, semblable aux autres. Seule différence, les fenêtres sont bloquées. Trois poupées de chiffon avec lesquelles elle n'a jamais joué. Suzanne Cornier a rangé les feutres dans leur boîte. Le cahier de dessin est sur la table de nuit. Quelques jours avant sa naissance, bagarre avec Lorna pour une histoire de revêtement des murs. J'étais partisan d'une peinture unie, j'avais dormi jusqu'à l'âge de quatorze ans dans une pièce à la tapisserie bourrée de moutons à rubans de couleur bleuâtre. On devait considérer à cette époque que ce genre de spectacle contribuait à ajouter une note bucolique au monde enchanté des lardons, mais ils étaient horribles, ces moutons, et tellement nombreux ! Un vrai cauchemar. Dormir chaque soir avec quelques milliers de têtes de cons de moutons autour de soi avait été une épreuve que je voulais épargner à ma fille. Lorna était d'un avis opposé, son truc c'était que le gosse devait avoir quelque chose, mouton ou autre, pour accrocher son imaginaire, une surface unie était désespérante, on allait en faire un handicapé de l'invention, ce bébé à venir... J'avais tenu bon jusqu'à ce que Lorna découvre un tissu rigolo avec des petits éléphants.

– Dis-moi, franchement, est-ce qu'ils ont l'air cons ?

– Moins que mes moutons.

J'avais cédé. Les éléphants étaient toujours là. Ce que nous n'avions pas prévu, c'est que Clara n'y prêterait jamais attention.

Elle dort.

Qu'y a-t-il derrière ce front, que s'est-il passé ? Pourquoi elle ? Pourquoi nous ? Où est l'explication ? Où est le secret ?

Nous avons épluché la liste de nos ascendants, pas un seul débile mental. J'avais bien retrouvé les traces d'un grand-oncle qui, à la fin de sa vie, jouait de la contrebasse sur le toit, les nuits de pleine lune, mais c'était plus à mettre sur le compte du gâtisme que sur autre chose, sans parler d'une volonté délibérée d'emmerder les voisins, ce qui, étant donné son caractère exécrable, ne surprenait personne. Lorna n'avait rien repéré de son côté, mais tout cela était ridicule, l'autisme n'est pas un phénomène héréditaire.

Qu'est-il, d'ailleurs ? Au fond, on ne connaît les maladies que lorsque l'on sait les guérir. Ce n'est pas le cas. Qui est Clara ? Quel monde est le sien ? Est-elle cette combattante perpétuelle dressée contre un univers qui l'attaque à chaque seconde sur tous les fronts... contre une armée crispée derrière ses paupières affolées ? La cause en est-elle une lésion physique du système nerveux central ? Est-ce une rupture comme une corde que l'on casse ? Personne ne le sait encore.

Je sais pourquoi Lorna est partie. Elle avait compris, sous les précautions de langage qu'employaient les thérapeutes, que Clara ne reviendrait pas s'insérer dans notre planète, les progrès de la chimie des neuroleptiques n'y pourraient jamais rien, elle resterait enfermée dans cette étrange et imaginaire prison à laquelle elle, sa mère, n'aurait jamais accès. Elle m'en avait parlé à plusieurs reprises, le drame de Lorna n'était pas tant de ne pas voir sa fille venir vers elle, délivrée de la forteresse dans laquelle elle était enfermée, mais plutôt de savoir qu'elle ne percerait jamais les murs épais derrière lesquels se dissimulait l'âme de son enfant.

Lorna avait fui par impuissance, l'amour ne pouvait pas tout, et dans le cas présent il ne pouvait rien. Elle avait pris sa fille dans ses bras, l'avait, au long de toutes ces années, inondée de toute la tendresse dont elle avait été capable, et rien n'avait pénétré, rien n'avait bougé. Pauvre boxeur renvoyé sans cesse dans les cordes, elle était tombée sur les genoux et avait quitté le ring... Clara aux multiples serrures qui jamais ne s'ouvriraient.

Elle dort.

Je vais quitter la chambre. Près de la porte, sous la moquette, une lame de parquet craque, je l'évite. La lumière qui vient de la salle de séjour découpe un rectangle près du lit. Il y a un rectangle plus sombre près de la table.

Le cahier.

Il a dû tomber.

Je sais qu'elle l'utilise beaucoup ces temps-ci, l'un des psychiatres m'en a parlé. L'emploi de différentes couleurs est apparu, remplaçant l'usage d'un feutre unique.

« Les angles se compliquent et ont perdu leurs angles vifs, le geste est plus lent lorsqu'elle y travaille. »

J'ai traversé la pièce.

Je l'ai ramassé. Dans le mouvement, la manche de ma veste a glissé sur le poignet, dégageant le rectangle de ma montre. Elle marquait dix-neuf heures précises. Les aiguilles s'étaient arrêtées. Il était en fait deux heures dix du matin.

Ungalik

« Nous avons atteint Ambler en fin de journée. La glace n'est pas suffisamment prise pour supporter le poids des traîneaux. Quatre jours que nous sommes partis. La ville est détruite comme prévu.

17 septembre 2102. »

J'ai lu ces lignes en feuilletant le cahier. Morlon m'en avait parlé et j'ai pu m'en rendre compte en parcourant les pages : les premières sont froissées, pas de figures fermées, les hachures s'exaspèrent jusqu'à trouer le papier pourtant épais. Il y a une rupture à la quinzième page. Clara a employé cette fois deux crayons et une sorte d'ellipse apparaît. Est-ce le hasard ? Peut-être, en tout cas on la retrouve dans les pages suivantes, mais plus ouverte. Les couleurs se multiplient, avec une efflorescence dans les dernières pages.

– Ce qui me paraît dans tout cela l'élément le plus positif, c'est que Clara ne se livre pas à cette activité sur un autre support que son cahier. Nous avons tenté l'expérience en lui proposant des feuilles libres ou un autre cahier, vierge celui-là, de même format mais dont la couverture était de couleur différente. Dans les deux cas, elle a refusé.

– Et en quoi cela est-il positif ?

– C'est le début d'un processus de structuration affective : l'endroit où elle s'exprime par l'intermédiaire de la couleur est parfaitement localisé dans son esprit. Nous devons travailler à partir de cet ancrage.

Docteur Morlon. Blouse blanche, impeccable, cheveux tirés. Dès la première rencontre, je n'avais pas pu m'empêcher d'imaginer la tête qu'elle avait pendant l'orgasme. On ne pouvait pas dire qu'elle était rassurante.

– Ne cherchez pas à repérer des progrès. Son comportement peut vous laisser supposer une amélioration : c'est, la plupart du temps, une interprétation que les parents fabriquent pour élargir le domaine où ils veulent évoluer, celui de l'espoir. Il n'est pas certain qu'il y en ait.

– Quel est votre rôle dans ce cas ?

– Empêcher votre fille de souffrir. Cela, je peux vous le promettre, nous avons un large éventail de médications, mais nous n'avons pas percé le secret de son mal, et ce serait un mensonge de vous le faire croire. Nous ne savons pas encore guérir Clara. Nous avançons à tâtons, des pistes s'ouvriront, se refermeront, je ne peux rien vous dire de plus.

Chère docteur Morlon. Il est difficile d'en vouloir à quelqu'un pour sa franchise, et pourtant je l'aurais volontiers secouée jusqu'à ce qu'elle nous balance une petite lueur, une lumière imperceptible, une aspérité à laquelle se raccrocher pour ne pas lâcher prise. Le tunnel dans lequel nous nous engagions ne débouchait sur rien. Noir total. Un mur au bout, et ce mur était Clara.

Je continue à feuilleter.

Les trois dernières pages apportent une nouveauté par rapport à tout ce qui précède : les surfaces fermées sont colorées avec une nuance différente du trait qui les entoure. C'est net sur la dernière : un trapèze irrégulier, dans le coin à droite, est tracé en bleu, l'intérieur a été empli maladroitement d'un rouge qui déborde à plusieurs endroits.

Et dans le bas de la dernière page utilisée : ces trois lignes tracées au feutre noir. Qui les a écrites ?

Suzanne Cornier qui accompagne Clara à la clinique a accès au cahier, puisqu'elle l'emporte avec elle. Mais pourquoi aurait-elle écrit dedans ? Une des collaboratrices de Morlon, peut-être, qui a eu besoin de noter : l'écriture est celle d'un adulte, cela ne fait aucun doute, Clara se trouve parfois avec des malades plus grands qu'elle. Il y a une Laetitia qui doit bien avoir quinze ans, voire plus, mais je ne vois pas la malheureuse tracer ces lettres, ces mots...

« 17 septembre 2102. »

Rien que ça. Dans presque un siècle. Le second chiffre est mal écrit, mais il n'y a aucun doute, c'est un 1.

Je suis à présent dans le salon. De nouveau, envie de whisky. Il est près de trois heures du matin au cadran digital du téléphone. Pourquoi ce malaise ? Pas de raison véritable, une surveillante trace des mots sans suite, utilisant les feuilles à dessin d'une gosse comme un brouillon, et j'en fais toute une histoire. Pas vraiment de quoi.

Enfin, lorsque je dis des mots sans suite, je me trompe, tout cela a un sens, si l'on excepte la date, bien sûr.

« Nous avons atteint Ambler. »

Jamais entendu parler d'Ambler. Il faut dire qu'en ce qui concerne la géographie, je n'ai pas entendu parler de grand-chose. Mauvais élève, monsieur Bond.

Illumination : regarder dans l'index de l'atlas. Même tard dans la nuit, les cellules cérébrales fonctionnent.

J'ai descendu le volume de la plus haute étagère de mon bureau. Je ne m'en sers pratiquement jamais. Atlas mondial, énorme, plusieurs kilos : si j'étais un homme moderne, j'aurais déjà d'un doigt léger tapoté sur mon ordinateur, et le renseignement serait sur l'écran.

Amble, Ambler... voilà.

C'est une bourgade, une rivière aussi.

En Alaska.

Les choses se précisent et s'expliquent : l'eau n'est pas encore gelée à cette époque de l'année, le texte parle de ville. Manifestement, Ambler n'est pas une ville. Il est vrai que nous sommes en 2102 et qu'elle a pu le devenir.

Pourquoi détruite ? Une Troisième Guerre mondiale ? Une catastrophe naturelle ? Marre. J'ai sommeil, je pars pour Bruxelles demain, je dois être en forme, je ne suis pas certain que Borton le soit, vieux fêtard londonien, toujours prêt à plonger dans les nuits blanches dès qu'il met le pied sur le continent.

Suzanne Cornier a fait mon lit, au toucher je devine qu'elle a changé les draps.

Qui s'amuse à écrire des conneries sur le cahier de ma fille ?

L'Alaska.

Pourquoi en ai-je rêvé si longtemps pendant mon enfance ? Ça a continué d'ailleurs, pas sûr que ce soit fini. Avant qu'elle ne soit enceinte, j'avais proposé à Lorna un voyage là-bas, un fantasme de petit garçon. Plaines enneigées, traîneaux de chiens, Esquimaux, phoques, loups et cascades gelées. J'avais tenté de la convaincre que faire l'amour sous des fourrures, dans une cabane en rondins, tandis que dehors s'installe la nuit arctique, devait être le comble de l'érotisme. Nous nous étions retrouvés aux Seychelles et j'en avais été réduit à relire des bouquins de Jack London par quarante degrés à l'ombre des cocotiers.

Au hasard des reportages télé, je restais scotché devant des images de glaciers, de montagnes bleues, on devait respirer en ces bouts du monde un air plus vif qu'ailleurs, un vent frotté aux forêts de sapins, rafraîchi aux torrents dévalant des gorges insondables...

J'ai dû m'endormir avec des visions de grizzly sortant des sous-bois, en train de boulotter des myrtilles sauvages.

Le réveil a sonné à six heures et j'ai eu l'impression de me déverser à la truelle du lit à la salle de bains. Ce n'est qu'au bout de trois minutes de douche cinglante que je suis redevenu un corps humain à peu près normalement constitué. Toujours cette difficulté le matin à me rassembler en un tout complet.

Je me suis habillé rapidement et j'ai entendu Mme Cornier bouger des tasses à la cuisine. Bruits retenus : Clara dort encore à cette heure.

Suzanne Cornier s'est retournée à mon arrivée et m'a souri. J'ai vu les croissants sur la table.

– Au fond, c'est vous que j'aurais dû épouser.

– J'ai envoyé des signaux de détresse mais vous n'avez rien vu. Bien dormi ?

– Couché tard. Vous avez songé à...

– La garde de nuit viendra à vingt-deux heures.

Elle pense à tout. Je n'aurais pas pu mieux tomber. Lorsque Lorna est partie, elle n'a rien dit. Même ses yeux n'ont pas exprimé de jugement. Nous n'en avons jamais parlé, jamais elle ne m'a demandé des nouvelles. Elles s'aimaient bien, mais elle n'a même pas cherché à savoir. Pas curieuse. Son sang-froid m'a toujours impressionné. Aux pires moments que nous a fait vivre Clara, elle est toujours restée imperturbable. Ma fille est passée par une période d'automutilation et j'ai un souvenir très précis de cette époque. Un jour où elle lui avait maintenu les poignets pendant plus d'une heure, j'avais remarqué que l'enfant n'avait eu aucune marque sur sa peau, aucune rougeur, je n'avais jamais compris comment elle s'y était prise.

Le café était bon. Ça aussi, c'était un mystère. Je dosais de la même manière et je n'arrivais pas à obtenir le même parfum. Je lui avais dit un jour qu'elle devait avoir des pouvoirs de sorcellerie. On ne pouvait pas dire que cela l'a beaucoup amusée. Rien n'amuse Suzanne Cornier.

Le ciel était chargé. Des nuages turbulents filaient vers l'est. J'ai failli regarder ma montre et j'ai ébauché le geste de l'avant-bras que je n'ai pas achevé, me rappelant qu'elle était arrêtée.

– Au fait, je voulais vous montrer quelque chose.

Je suis allé chercher le cahier de dessin et l'ai ouvert.

– Ce n'est pas vous par hasard qui...

Elle sait que lorsque je ne finis pas mes phrases, quelque chose me perturbe. Elle a pris le cahier, a lu le texte, je vois ses lèvres remuer. Elle me regarde.

– C'est vous ?

– Bien sûr que non.

Impassible. Elle en est énervante parfois, c'est comme ça que devaient être les squaws, la femme de Sitting-Bull.

Veste, parka, la serviette contenant les dossiers. Il fut un temps où, me rencontrant au coin d'une rue, je me serais attiré un reniflement de mépris : la panoplie complète du parfait homme d'affaires. Pourquoi parfait ? De l'homme d'affaires tout court.

J'ai rêvassé dans le train. Je n'ai même pas relu les notes des coproducteurs, je sais qu'avec Borton je peux me laisser aller à la franchise, et ce que je lui dirai sera simple et concis : nous obtiendrons avec ce film une foultitude de prix. Nous n'y échapperons pas. Je connais la politique du distributeur, il va le présenter partout. Comme c'est une œuvre sympathique et méritoire, il va falloir rallonger le générique : prix du Jury à Mont-de-Marsan, meilleur film au festival de Galati (Moldavie), caméra d'or aux Rencontres cinématographiques de Vilnius, etc. Tout cela ne nous fera pas atteindre le cinquante millième spectateur sur l'ensemble de la France.

Malorin a tenu à participer au montage financier, je l'ai suivi pour des raisons que je n'arrive pas à discerner vraiment, ou plus exactement que je trouve suffisamment stupides pour ne pas vouloir les connaître.

En résumé, l'affaire est simple : scénariste, réalisateur, directeurs de casting et l'ensemble des participants au projet ont décidé de mettre tous les atouts contre eux et tous les inconvénients avec. Pas de sexe, pas de castagne, pas de jeunesse, pas d'espoir, pas d'amour. Comme ça ne suffisait pas, on a introduit de l'amertume, de la sale gueule, du désespoir et une bonne dose de maladie...

Je l'ai dit à Borton lors de notre dernière rencontre aux studios : on risque un gros succès auprès des hypocondriaques schizophrènes et cinéphiles, à condition qu'ils aient dépassé la soixantaine.

Et bien sûr, au-dessus plane l'ennemi numéro un du producteur, la formule qu'il ne devrait même pas chercher à entendre, formule inachevée et qui tire sa force de son inachèvement : « Et si, malgré cela... »

Chacun ses sirènes.

Même aux oreilles des requins, elles résonnent.

Pourquoi est-ce que je dis cela ? Pas plus de requins qu'ailleurs dans le cinoche, pas moins non plus, c'est vrai, pourquoi y en aurait-il davantage dans le septième art que dans l'épicerie ? Le problème est que c'est plus insupportable de les trouver là que dans d'autres domaines. Un mauvais camembert, c'est une crise de foie de plus ; un navet cinématographique, c'est un peu de confiance en l'humaine nature qui disparaît.

La Belgique déjà. Pays reconnaissable à ce que, dans des villages déserts, le café occupe toujours l'angle de la rue, briques noircies et vieilles réclames de cigarettes disparues au-dessus des portes. Terres dolentes, je les ai toujours bien aimées. L'automne peut y atteindre, si on y prête attention, des profondeurs cafardeuses insoupçonnées. Le train ralentit dès la frontière.

Comme d'habitude, Borton m'attend à la gare du Midi. Le tournage se déroule bien. Deux des acteurs ont demandé des modifications dans les dialogues.

Nous roulons vers les lieux de tournage, une ville près d'Ixelles.

– J'ai retenu au restaurant de l'hôtel. Frites et moules, mais on vient du bout du monde pour y goûter.

Borton salive d'avance. Il fut un temps où je tenais à partager le repas à la cantine, avec l'équipe technique et les acteurs. J'ai arrêté. Lorsqu'on n'a pas grand-chose à se dire, on ne se le dit pas davantage devant une assiette. Je représente la production, le fric, ils voient en moi une sorte de surveillant général qui entre dans une classe pour observer s'il n'y a pas trop de chahut et si les élèves avancent dans le programme.

Rencontré les acteurs. Trois bougons. Ça, c'est l'idée qui a donné naissance au film : prendre les trois types les plus sombres du cinéma français et les fourrer dans une histoire de déprime : Bacri, Donnadieu et Lanvin.

À onze heures, j'ai appelé Morlon sur son portable, en supposant qu'elle pourrait éclaircir l'histoire du cahier de Clara. Je suis tombé sur le répondeur.

À treize heures quinze, nous étions installés devant des moules marinières et Borton était d'excellente humeur. Il venait d'apprendre qu'il serait directeur de production sur une série télévisée, tournée à quatre-vingts kilomètres de La Havane, et il envisageait l'avenir comme un immense réservoir de rhum blanc, de citrons verts et de cigares odorants. En fait, il n'ignorait pas que le travail dans les endroits paradisiaques se transformait souvent, par retour de bâton, en de redoutables galères.

– Tu connais l'Alaska ?

J'ai posé la question sans réfléchir.

– J'y ai tourné deux documentaires animaliers. En partant, je pensais qu'on allait filmer des ours blancs, des phoques ou des baleines. Pas du tout. Je me suis retrouvé avec des scientifiques spécialisés dans les animaux fouisseurs, genre belettes ou fouines. Trois mois le nez dans les herbes, on aurait pu aussi bien filmer derrière chez moi dans mon jardin des Deux-Sèvres. Donc, je ne connais pas l'Alaska. Ça m'a semblé froid.

– Ce renseignement me paraît précieux.

Borton rit, emplit les verres et lève le sien.

– À l'avenir, dit-il, j'espère que tu as des chèques plein les poches, nous n'avons pas encore parlé affaires.

– Comme j'en ai moins que ce que tu crois et plus

que je ne veux t'en donner, je te propose de ne pas nous gâcher le repas avec ces questions de fric.

Il rit et pique un paquet de frites de la largeur de sa fourchette.

– D'accord, dit-il, on repousse tout ça jusqu'au moment des cognac.

À cet instant-là, mon portable a sonné.

– Morlon, j'ai eu votre message.

– Je n'aurais pas dû vous déranger pour si peu de chose, mais...

– Vous avez eu raison. D'autant que je ne suis pas plus avancée que vous.

– C'est-à-dire ?

J'entendais mal. Je me suis excusé auprès de Borton et me suis levé. Comme toujours, je me suis rapproché de la fenêtre. Un réflexe. Je ne crois pas que cela serve à quelque chose, mais l'impression demeure que les ondes doivent passer plus facilement à travers les vitres qu'à travers les murs.

– ... les instructions sont connues de tout le personnel.

– Je n'ai pas entendu le début de votre phrase.

– Je vous disais que tous les membres de l'équipe savent qu'il est interdit d'intervenir dans le travail des enfants, ces lignes n'ont pas pu être écrites à l'intérieur de l'hôpital. Je vais mener une enquête mais je suis à peu près certaine du résultat.

Il y avait dans sa voix une inflexion facile à saisir.

– Vous pensez que c'est chez moi que ça s'est passé ?

– Je ne vois pas d'autre explication. A part vous et Clara, qui a accès à ce cahier ?

J'ai tenté de réfléchir. D'abord, Mme Cornier, bien sûr. La femme de ménage, ensuite, si elle était passée hier après-midi. À moins que quelqu'un soit venu sans que je le sache, un livreur par exemple, il arrivait qu'on fasse appel à eux pour des produits d'épicerie. La concierge avait également la clef de l'appartement. J'en avais aussi confié un double à Gérard, au cas où je serais en voyage.

– Écoutez, pour l'instant je ne vois pas, de toute façon cela ne me semble pas d'une importance considérable.

– Je comprends qu'il y ait tout de même de quoi être intrigué. Vous connaissez ce port ?

On a tous une sonnerie d'alarme qui retentit parfois, violente ou discrète. Dans mon cas, c'est une sorte de tintement lointain, un son étouffé, comme s'il naissait d'une cloche depuis longtemps engloutie, ces quelques notes ne m'ont jamais trompé, je sais qu'un danger rôde, que quelque chose va se produire, qui est du domaine de l'imprévisible et du désagréable.

– De quel port parlez-vous ?

– Ungalik.

J'ai avalé ma salive. Je suppose que, là-bas, dans son hôpital parisien, le bruit de ma déglutition a dû claquer contre son oreille. J'ai tenté de parler le plus calmement possible.

– Je ne comprends pas, dis-je, le seul nom que j'ai lu est celui d'Ambler.

Silence.

Je me suis retourné. Borton achevait de vider le plat avec tranquillité.

– Allô, docteur Morlon ?

J'ai cru à une coupure, mais sa voix a résonné là, plus nette, comme si, elle aussi, elle avait changé de place.

– Vous n'avez pas suffisamment examiné le cahier de Clara, monsieur Bond.

Bouche sèche. Un village disparu sous les eaux, qui a mis le battant en mouvement, un poisson énorme en le frôlant, des courants.

– Expliquez-vous.

– Il y a deux textes.

Accélération du pouls. Ce n'est pas possible. Il n'y en avait qu'un hier soir. J'avais feuilleté toutes les pages, une à une. Celles qui avaient servi comme celles qui étaient encore vierges. J'ai envie de savoir, mais je ne veux pas faire attendre Borton plus longtemps, pourtant la curiosité est la plus forte.

– Vous avez le cahier sous les yeux ?

– Non. Une chose cependant m'a paru bizarre.

– Laquelle ?

– Les deux textes sont datés.

– Quelle année ?

Pourquoi ne répond-elle pas directement à ma question ?

– J'ai d'abord pensé à un récit de voyage. Dans un pays que j'ignore, il y est fait allusion à un grand froid...

– L'Alaska, dis-je, j'ai vérifié sur un atlas.

– Les années sont identiques dans les deux écrits : 2102.

– Je dois vous quitter, ajouté-je, je vous rappelle demain pour que nous nous voyions.

– Ne soyez pas inquiet. Cherchons plutôt une plaisanterie là-dessous. Nous allons la découvrir.

– Merci. À demain.

Borton me regarde, l'œil chargé d'un faux reproche.

– Tu devrais laisser tomber les gonzesses, elles te forcent à manger froid.

Je le regarde à mon tour. Ce type dégage une charge de bonne humeur permanente. J'ai cru longtemps qu'il possédait un heureux caractère jusqu'à ce que je comprenne qu'il était parfaitement revenu de toutes choses, et que c'est au fond de la marmite du désespoir qu'il avait découvert la saveur pétillante du sourire. Elle lui permet de masquer l'amertume générale de la grande soupe de la vie, dans laquelle il semble plonger avec emportement.

– Ungalik, dis-je, ça te dit quelque chose, Ungalik ?

Il me fixe. Un soupçon rôde dans ses prunelles.

– Toi, dit-il, tu cherches à t'acoquiner avec Paramount.

– Comprends pas.

– Ne fais pas l'idiot. Ils sont en quête de producteurs européens pour un film avec Pacino.

– Quel rapport avec Ungalik ?

Borton desserre sa cravate. Le tour du cou est impressionnant, le tour de taille aussi. Si l'on veut se fâcher avec lui, il suffit de parler de régime.

– Le rapport est simple : le tournage aura lieu en Alaska et Ungalik est un port situé en Alaska. Comme tu m'as déjà demandé au début du repas ce que je pensais de l'Alaska, j'en déduis, bien qu'étant d'une imbécillité notoire, que tu t'intéresses à l'Alaska et que le seul lien qui, aujourd'hui, relie le monde du cinéma à cette terre pourrie, bourrée de putois et de ragondins, c'est la Paramount.

– Un vrai talent de déduction, malheureusement tu nages dans l'erreur.

Borton emplit à nouveau son verre.

– Tu viens de résumer l'histoire de ma vie, dit-il.

Par les vitres colorées, on aperçoit la grand-place que le beffroi surplombe. Des touristes passent sur les pavés luisants des averses du matin. Toujours cette impression que la pierre, ici, monte vers le ciel dans un pétillement de champagne.

Ungalik.

Vous allez être surpris, monsieur Bond

« Les wharfs s'enfoncent dans la boue. On devine entre deux nappes de brouillard les premières traces de neige entre les roches noires des collines. Nous débarquons à Ungalik. Cette fois l'aventure commence. 13 juin 2102. »

C'est la même écriture, cela ne fait aucun doute.

Atlas, de nouveau.

Il est près de minuit. Trois quarts d'heure de queue pour avoir un taxi à la gare du Nord. Mme Cornier a dû s'impatienter, bien qu'elle n'en ait rien laissé paraître.

Clara dort. Rien à signaler. Elle mange de mieux en mieux : c'est ce que m'apprend Suzanne Cornier.

Je suis allé voir ma fille.

Une frimousse voilée par la masse vaporeuse des cheveux. Ce doit être cette couleur qu'on appelle le blond vénitien. Il est temps qu'un coiffeur intervienne. Pour une raison inconnue, cette perspective m'effraie. Le métal des ciseaux trop proche de cette nuque que des décharges secouent : une vision qui me hante... la peau tendre et l'acier glacé, ne pas les mettre en contact. Il y a là un avertissement.

La carte s'étale sous le cône de lumière.

Voilà Ungalik.

C'est dans une anse, au bord d'une rivière, près de la baie de Norton.

Les deux textes sont séparés par trois mois. Du 13 juin au 17 septembre. Donc en trois mois, celui ou celle qui tient le journal est allé des bords de la mer de Behring jusqu'à Ambler, un bled apparemment perdu dans les Waring Mountains. Le Grand Nord ou je ne m'y connais pas. En fait, je ne m'y connais pas. Si j'en crois la cartographie, le relief a l'air accidenté, des rivières courtes entre des vallées étroites.

Cette fois, j'ai procédé méthodiquement.

Il s'agit d'un grand cahier de cinquante pages de papier à dessin, les vingt-sept premières sont utilisées. Certaines de ces pages portent une date repère, inscrite par une des assistantes de Morlon. Quelquefois, Clara revient sur un dessin ancien. Ainsi la page douze porte deux dates séparées par près de trois semaines. Ma fille a complété des lignes parallèles par des droites qui les relient d'un trait plus ferme.

Le premier texte figure à la page vingt-cinq. C'est celui que j'ai découvert. Le deuxième, que j'ai en ce moment sous les yeux, est à la page treize.

Est-il possible qu'hier soir je ne me sois pas aperçu de sa présence ? J'essaie de me souvenir, je crois bien avoir tourné toutes les pages une à une, mais le papier est épais, et il a pu arriver que j'en ai « sauté » une. Si ce n'est pas le cas, et quelque chose me dit que ça ne l'est pas, ces nouvelles lignes ont été tracées dans la journée d'hier, et le problème reste entier.

Je dois voir Morlon demain.

Un peu crevé par ce voyage. Aller-retour dans la journée, et tout cela, comme prévu, pour pas grand-chose. Pris sans doute par l'ambiance, le réalisateur tire la gueule comme ses interprètes réunis lorsqu'ils sont au meilleur de leur forme... Rien à tirer de lui. Les rushes ne sont pas rassurants, mais tout producteur sait qu'ils ne le sont jamais. Borton a essayé de mettre un peu d'ambiance sur le plateau, mais ses efforts sont tombés à plat. Pas de retard dans les horaires, pas de dépassement de budget, c'est toujours ça de pris.

Plusieurs messages sur le répondeur dont un de Gérard : « Viens demain, samedi, je fais des gnocchis. Pas de gonzesse : juré-craché. Appelle-moi. »

Flemme de prendre une douche. J'ai fini le paquet de biscuits sur un coin de table dans la cuisine. Je me suis souvenu d'avoir gardé un vieux paquet de cigarettes entamé dans un tiroir du buffet. J'en pique une de temps en temps. Pourquoi ai-je pensé « piquer » ? Le mot exact aurait été « prendre », j'en prends une. À quarante balais passés, la cigarette reste donc toujours du domaine de l'interdit. Étonnant que je n'aille pas la fumer en douce dans les W.-C.

Agréable. Le tabac est fait pour la nuit lorsque les villes dorment.

Et le téléphone a sonné.

La chambre de Clara est loin de l'appareil, mais j'ai tout de même couru pour qu'elle ne soit pas réveillée.

– Il est tard mais vous m'avez dit que...

C'était Morlon.

– Vous avez bien fait, je ne suis pas encore couché. Avez-vous du neuf concernant notre affaire ?

J'ai senti l'hésitation, une seconde en trop, suspendue.

– Je n'ai pas mené une enquête de détective, mais Leïla, qui s'occupe plus particulièrement de votre fille, m'affirme que personne n'a pu écrire dans ce cahier sans qu'elle s'en aperçoive. Elle m'a d'ailleurs fait remarquer une chose : ce n'est que depuis une quinzaine de jours que Clara tient à l'emporter chez elle et à le rapporter.

– Et avant ?

– Il restait dans son casier avec ses affaires de la salle de jeux. Je ne vais pas entrer dans les détails techniques, mais cette volonté de garder, en quasi-permanence avec elle, un moyen d'expression, peut représenter un tournant dans...

– Un tournant positif ?

– Pas nécessairement. Soit elle cherche à agrandir le champ de ses possibilités créatrices qui ne sont plus limitées à son travail à l'hôpital, soit elle rentre dans un processus de maniaquerie qui l'entraîne à ne jamais se séparer d'éléments avec lesquels elle entretient un rapport de servitude.

Bravo, Morlon, toujours prête à remonter le moral des familles ! Si c'est pour m'apprendre des choses aussi merveilleuses, je ne vois pas pourquoi elle a décroché son téléphone à cette heure-ci.

– En fait, si je vous appelle si tard, c'est que je viens d'avoir une demande concernant votre fille. Accepteriez-vous qu'elle soit filmée ?

Elle se fout de moi, d'autant qu'elle connaît d'avance la réponse : pas question.

Une chaîne allemande a déjà fait des propositions, puis une française. C'était la grande époque des reportages, les psychotiques étaient à la mode, difficile alors d'allumer la télé sans tomber sur des schizos, des débiles légers ou profonds en train de s'agiter dans le vide, ou de tenter de s'initier à la vannerie.

J'avais toujours eu horreur de ce voyeurisme amplifié par des commentaires pseudo-scientifiques pour heures de grande écoute. Par deux fois j'avais prévenu Morlon : si une caméra tentait de filmer Clara, je ferais un scandale. Je savais qu'elle était particulièrement visée parce qu'elle était mignonne. Pour apitoyer les foules, elle possédait le tiercé gagnant : l'enfance, la beauté, la folie. De quoi faire sauter l'audimat. Jeune, innocente, belle et cinglée : si l'on ajoutait que probablement elle ne guérirait jamais, il y avait de quoi saliver. En prime, la rareté : les statistiques montrent qu'il existe trois garçons atteints pour une fille.

– Je vous ai déjà dit que...

– Il ne s'agit pas du tout de la télévision ou de quoi que ce soit d'approchant, il s'agit d'une expérience, c'est assez compliqué à...

Je ne sais pas ce qui m'a pris à ce moment-là. Je n'avais jamais eu la moindre pulsion envers cette femme, elle me glaçait le plus souvent, mais j'en ai eu marre de lui parler sans la voir.

– Écoutez, puisque nous nous téléphonons, nous devons être aussi éveillés l'un que l'autre, et j'en ai marre de vous parler sans vous voir, il y a des bars ouverts dans tout Paris, retrouvons-nous dans l'un d'entre eux et...

Elle a coupé net.

– Mon mari aurait du mal à comprendre.

C'est vrai qu'elle est mariée, mais depuis que Lorna est partie j'ai du mal à imaginer qu'une femme ne soit pas célibataire, veuve ou divorcée.

– D'accord, épargnons-nous les nuits de folie. Qu'est-ce que c'est que cette histoire de film ?

– Les prises se feront uniquement dans le cadre de l'hôpital. Deux caméras fixes enregistreront le comportement des enfants. Ce sera pour nous un matériel d'observation qui pourra se révéler bénéfique. Il n'est en aucune façon question d'utiliser les images en dehors d'un but thérapeutique, seul le personnel soignant et les parents, s'ils le demandent, pourront y avoir accès.

– Dans ce cas, vous avez ma bénédiction.

– Merci.

Un silence encore. Je me demande si elle a défait son chignon. Ce geste suffirait-il à lui enlever cette sévérité qui, je ne sais pour quelle raison, m'irrite ?

– Je vous souhaite une bonne nuit.

Pas plus avancé pour expliquer la présence de ces deux textes dans le cahier de dessin de ma fille.

– Je reviens à notre histoire, dis-je. Est-ce que l'une des gosses qui se trouvent dans le même groupe que Clara aurait pu...

– Absolument impensable. Elles sont cinq avec votre fille. Le simple fait de tracer correctement une seule lettre de l'alphabet représenterait, pour n'importe laquelle d'entre elles, l'équivalent, pour vous, de vous déplacer plus vite que la vitesse de la lumière. L'écriture qui est la nôtre appartient à un monde qui n'est pas le leur, et auquel elles n'ont pas accès.

– Je m'en doutais mais je n'arrive pas à comprendre.

– Nous y arriverons, monsieur Bond. Bonne nuit.

Gouttes de pluie sur les carreaux.

Pas sommeil. Je pourrais rédiger un rapport sur le voyage de cette après-midi, cela m'avancerait, je dois voir Malorin demain.

De nouveaux scénarios sont arrivés. Cinq ans que je ne lis pas autre chose. De temps en temps un livre, mais c'est pour savoir si l'on pourrait en tirer un film. Donc, d'une façon ou d'une autre, je ne m'en sors pas. Scénario toujours et partout. Or rien de plus ennuyeux à lire que ces textes faits pour donner naissance à autre chose qu'eux-mêmes. Des questions surgissent au fur et à mesure de la lecture : qui pourrait tenir ce rôle, où tourner, scènes trop chères, trop longues, trop courtes : la plaie. Un jour, je laisserai tomber. J'ai droit, moi aussi, à avoir mes coups de fatigue, mes mini-dépressions. Je prendrai Clara sur mes épaules et on ira cavaler sur une plage vide et large comme l'univers. Si le vent est assez froid et fort, s'il fait rougir ton front, ton nez et tes joues, peut-être à un moment, malgré les bourrasques et le fracas des vagues lourdes, j'entendrai enfin le son de ton premier rire. Il déchirera le ciel si bas de ce matin de fin du monde... Je ne demande pas grand-chose, Clara, simplement un rire, une seule fois, et je pourrai regarder autrement ton visage, voir ce que deviennent tes lèvres lorsque tu souris. Une fois, Clara, par pitié, une fois seulement.

Voilà où j'en suis, un mec tout seul dans la nuit de son salon, secoué de larmes, après tant d'années de bagarres, de tristesses, de retenues qui poussent de toutes leurs forces derrière les digues qui craquent. Pourquoi ce soir ? Pas de raison particulière. L'état de la gosse ne s'est pas aggravé, je ne suis pas viré de mon boulot, je n'ai pas perdu mes clefs, seulement ma femme, alors pourquoi le déluge ? J'ai dû, sans le savoir, m'octroyer le droit de me laisser aller, pourquoi pas ? Bien longtemps, trop longtemps que je me l'interdis. Vas-y, petit, ouvre les vannes, plie-toi en quatre et pisse ton chagrin à pleines eaux... Je continuerai la bagarre demain, plus au sec.

Avec Lorna, je ne me suis pas laissé couler. Surtout pas devant elle, c'était convenu entre nous. On ne craquerait pas. Interdit. D'une certaine façon, elle a tenu parole. Elle n'a pas craqué. Quand elle a compris qu'elle avait atteint la limite, elle est partie. Bel exemple de sang-froid. J'arrive presque à le penser sans ironie.

Ceux qui l'ont condamnée ne savent pas. Étrange situation après son départ, j'étais devenu l'homme à plaindre. Une gosse autiste et, en plus, vous savez ce qu'a fait sa femme ? Elle l'a plaqué. Et la gosse ? La gosse aussi ! Impossible, une mère n'abandonne pas son enfant. Et vous ne savez pas le plus beau ? Non. Eh bien, elle est partie avec un autre homme. Une salope. Il n'y a pas d'autre mot.

Pauvres diables... C'est fou ce que le sens du devoir s'exacerbe lorsqu'on n'est pas concerné. Parce qu'eux ou elles seraient restés bien sûr, l'œil fixé vers la ligne des cliniques psychiatriques. Je ne t'excuse pas, Lorna, mais je crois t'avoir comprise même si, certaines nuits, je me réveille encore avec des envies de meurtre à ton endroit...

Une drôle d'histoire, Lorna et moi.

Nous nous sommes connus en Jordanie. J'étais responsable d'une production dans le Wadi Rom. Le désert où avait été tourné *Lawrence d'Arabie*. Inutile de dire que nos ambitions étaient moindres : le film était un mélange de polar et d'espionnage, avec une histoire d'amour assez chaude qui obligeait les deux acteurs à se rouler, avec conviction, dans le sable. Chacun avait une doublure dans les scènes où il était à poil.

À l'hôtel, le soir, mon regard a croisé celui de Lorna, elle était seule au milieu d'un paquet de touristes. Le soir tombait, le cocktail finissait, c'est ensuite que mon nom l'a fait rire.

Je me souviens de la lumière, une sorte d'incendie tamisé, même les ombres étaient pourpres. Il y avait des tombeaux creusés dans les falaises. Le vent des siècles avait effacé les statues, d'étranges géants érodés montaient la garde, face à l'océan immobile des sables. Quelques étoiles déjà. J'ai encore dans les oreilles le bruit crissant du sable sous nos semelles, nous avons fumé une cigarette, assis sur une des plus hautes dunes. J'ai eu l'impression, en cet instant, que les routes s'arrêtaient là, que le monde n'allait pas plus loin, il y avait cet espace rougeoyant et infini, il atteignait l'horizon flambant, une dernière pulsation de sang avant la mort de ce jour qui était le dernier, et nous étions là, spectateurs privilégiés, pour assister au spectacle sur lequel le rideau se baissait.

J'ignorais quelle histoire allait être la nôtre, mais je n'étais pas assez idiot pour ne pas comprendre qu'une femme avec laquelle on partage un tel crépuscule vous restera plantée au cœur. Une nuit arabe, impitoyable et parfumée... quelques rires au loin sous les tentes. Chaque bruit détaché et clair comme un diamant... Il rôdait dans la nuit venue un parfum de sable et de feuilles froissées. La lune violente éclairait la piste que prenaient les chameliers au temps des Nabatéens, étrange monde où traînaient des fantômes de caravane. Lorna m'avait raconté les raisons de sa présence en ces lieux, quelques années auparavant elle avait écrit une thèse sur le monde arabe ancien : les Bédouins qui, au pas lent de leurs montures, avaient traversé les siècles dans l'ardeur des vallées et des montagnes étaient alors plus proches et plus vivants pour elle que les gens qu'elle côtoyait chaque jour dans les bus londoniens ou parisiens. On imagine toujours que le monde réel est celui qui nous entoure, pour Lorna la réalité était là-bas, dans la fournaise d'un Moyen-Orient aux villes disparues sous les sables.

Et puis, le charme s'était défait peu à peu, la vieille

passion s'était éteinte et elle avait entrepris ce voyage pour retrouver, si c'était possible, l'ancienne folie qui avait empli sa jeunesse. En fait de folie, elle m'avait trouvé, moi. J'avais, un temps, remplacé dans son âme les princes dont les corps reposaient dans des tombes de marbre au sein des cirques montagneux. Pourquoi est-ce que j'y pense en cet instant ? La plupart du temps, je m'interdis de laisser Lorna sonner à la porte du souvenir.

Il pleut à présent. La pluie mouille la nuit, je ne dormirai pas. Je devrais travailler, lire le script de Rosen au lieu de me vautrer dans cette sorte de léthargie qui me colle à la vitre. L'avenue brille déjà sous l'averse silencieuse, le toit des voitures renvoie le reflet des façades des immeubles, quelques rares lumières aux fenêtres... On pourrait compter les insomniaques. Nous ne sommes pas nombreux.

Les deux jours qui ont suivi se sont déroulés sans histoires. Malorin a proféré quelques nouvelles sentences bien frappées. J'ai retenu entre autres : « Le cinéma est l'art de faire gagner de l'argent à ceux qui en ont déjà » et, pas plus tard qu'hier après-midi : « Ce qui a sauvé Renoir, c'est qu'il a toujours cru qu'il faisait du théâtre. » C'est la grande forme, il est donc prêt à m'épauler sur un gros budget, le scénar de Rosen en vaut la peine : la thématique n'est pas neuve mais le traitement est original. Le film démarre au Moyen Âge, un tueur à gages coincé parvient à fuir par une faille temporelle et se retrouve au XXIe siècle où il tombe dans la même situation, il s'échappe à nouveau dans le futur, et la même chose se reproduit. Un rat dans un labyrinthe : où qu'il aille, il vit le même destin. Écriture angoissée. Si la production n'insiste pas pour balancer trop d'effets spéciaux, ça pourrait être intéressant.

Gérard hier soir à la maison.

Il est le chouchou de Mme Cornier. Il a eu droit à ses éternels raviolis. Comme tous les Dunkerquois, il adore la cuisine vénitienne. Il explique la raison du phénomène par une thèse particulièrement alambiquée.

Il bloque avec Clara.

Rien à faire, il le reconnaît. En sa présence, il n'arrive pas à se tirer un sourire, à lui dire bonjour. Pas besoin de lui tenir un discours qui ne servirait évidemment à rien, mais tout de même... ce n'est pas une raison pour s'abstenir. Il ne peut pas, la môme le terrorise. Je me moque souvent de lui à ce sujet : « Si tu continues à m'emmerder, je t'amène Clara. » Si je veux le faire bondir, il suffit que je dise simplement : « Tiens, voilà Clara », et il décolle de sa chaise.

Nous en avons parlé à plusieurs reprises. Il n'arrive pas à comprendre les raisons de ce rejet. Je crois les connaître, l'essentiel étant que l'absence de conscience chez l'être humain supprime l'humain. Clara n'est pas pour lui une enfant. Elle en a toutes les apparences, mais l'intérieur est vide ou empli d'un magma de pensées ou de non-pensées qui en font un être imprévisible, donc dangereux.

Je ne lui ai pas parlé du récit futuriste en Alaska. J'en ignore la raison, Gérard est pourtant le confident type. Je me suis pas mal répandu dans son gilet lorsque ma femme a joué les filles de l'air. Lorsque je lui ai annoncé que Clara était autiste, j'ai décelé un vrai chagrin dans ses yeux. Je me souviens d'ailleurs d'une discussion à ce sujet, elle doit dater de cinq ou six ans. Il a employé une expression qui m'a étonné : les « enfants de Dieu ».

C'était d'autant plus surprenant qu'il n'y a pas plus païen et anticlérical que lui. Lors du mariage de sa fille, il est resté assis sur les marches de l'église, occupé à lire Friedrich Engels. Sans doute le dernier lecteur à plonger dans les arcanes du communisme.

– Qu'est-ce que c'est que cette histoire d'« enfants de Dieu » ?

Il m'a donné l'explication : il s'agissait d'une superstition paysanne, les êtres qui côtoyaient la folie étaient marqués d'un sceau divin, ils avaient le contact avec le monde inconnu du ciel. Débarrassés du raisonnement, des envies, des désirs terrestres, ils pouvaient atteindre plus facilement une dimension qui demeurait inatteignable pour le commun des mortels. Lui n'y croyait évidemment pas, mais sa mère l'avait élevé dans cet esprit-là.

– J'étais tout môme, j'allais l'été près d'Aubagne et il y avait un fada dans le village. Bien inoffensif, mais j'avais peur de lui parce qu'il voyait des choses que je ne voyais pas, et en particulier des anges. Ça me foutait la trouille. Un type qui vient de discuter avec un ange et qui te regarde, je ne m'y habituais pas, je me disais que j'allais souffrir de la comparaison.

En partant, il m'a demandé comment ça s'était passé avec Gilberte, je lui ai dit que je venais de brûler le cadavre qui commençait à sentir et il m'a quitté avec un haussement d'épaules désespéré.

Le lendemain c'était à mon tour d'emmener Clara au Centre. Dès l'arrivée, je l'ai confiée à Leïla qui avait déjà récupéré deux de ses petites patientes. Elles étaient toutes trois installées sur le tapis. La jeune assistante a levé le nez et m'a souri.

– Je crois que le docteur Morlon aimerait vous voir.

J'ai laissé Clara avec elle et me suis dirigé vers le

bureau, tout au fond du couloir. Je me sentais vaguement gêné de lui avoir, quelques jours auparavant, proposé de prendre un café en pleine nuit. À mettre sur le compte d'une pulsion sexuelle mal contrôlée.

– Entrez.

J'ai poussé le battant. Elle était assise, face à la porte, et m'a regardé avancer vers elle sans qu'un seul de ses cils ne bouge.

– Vous vouliez me voir ?

Elle m'a tendu un cahier semblable à celui de Clara, mais la couverture de celui-ci était rouge. En le prenant, il s'est ouvert sur un dessin étiré sur deux pages. Une forme noire en occupait la totalité, trois pointes aiguës en sortaient. De quel cauchemar cette créature était-elle née ?

– C'est le cahier de Sandra.

C'était la plus âgée des fillettes du groupe : une dizaine d'années à peu près. J'ai fixé Morlon sans comprendre.

– Regardez la dernière page.

J'ai tourné les feuilles.

La même écriture. La seule différence était que le feutre utilisé était bleu.

Je lis :

« Nous ne franchirons pas la Kobik River. Il est sur l'autre rive. Il a tué trois chiens. Moins cinq degrés ce matin et la tempête approche, elle vient droit sur nous. 15 décembre 2102. »

Toujours le même frisson que les deux premières fois.

Devant moi, les pupilles claires ne me lâchent pas

mais depuis pas mal d'années ce genre de regard ne m'impressionne plus. Je demande :

– Vous savez qui écrit ces textes ?

Morlon s'est renversée dans son fauteuil. Sa blouse est fraîchement repassée, sans doute du matin. Pourquoi est-ce que j'enregistre toujours ce genre de détails qui ne servent à rien ?

– Oui, nous le savons.

Silence.

Ça lui arrive de desserrer les lèvres ?

– Alors, qui ?

C'est peut-être la pâleur du jour qui lui donne ce teint mais, lorsqu'elle se penche vers moi, je trouve à la praticienne une étrange lividité.

– Vous allez être surpris, monsieur Bond.

On ne s'appelle pas Bond pour rien

Seize heures trente, même journée.

Morlon m'avait prié de revenir pour un rendez-vous l'après-midi.

Une autre personne se trouvait dans le bureau. Un grand type souriant que je ne connaissais pas. Une vague impression de l'avoir vu cependant, comme celle que l'on éprouve en croisant quelqu'un que l'on a aperçu en deux dimensions sur un écran de télévision au cours d'un talk-show. Ce pouvait d'ailleurs être le cas...

Morlon me l'a présenté. Zafran, David Zafran. Des noms compliqués ont suivi, j'ai retenu « directeur de recherche » et « maître de conférences ».

Professionnellement chaleureux. Il m'a félicité pour avoir produit *Struggle for Death*. Il a mis dans le mille, c'est le film dont je suis, de loin, le plus fier. Bonne technique, l'habile homme. Caresser l'interlocuteur dans le sens du poil pour lui faire baisser la garde d'entrée. Mais quel coup cherche-t-il à m'asséner et pourquoi ?

– Le docteur Morlon m'a parlé de ces textes. Je comprends qu'il y ait de quoi être interloqué.

Il a un clair sourire, pourtant quelque chose en lui prévient : profitez de ma belle humeur, mais dépêchez-vous, elle ne durera pas.

Il a dû faire du basket. La taille pour ça mais aussi cette lenteur des gestes des personnes maîtrisant parfaitement leur musculature toujours présente, malgré une soixantaine marquée.

– Nous avons fait pratiquer une étude graphologique. Avant de vous en donner les résultats, je voudrais lever un obstacle : même les tribunaux ont pris l'habitude de considérer ce genre d'expertise avec circonspection, je dois dire que, personnellement, je partage totalement leur méfiance. Nous avons à faire à une technique d'élucidation qui, malgré quelques ouvertures sur le monde psychique, en reste encore à un stade expérimental.

Je l'écoute. C'est un bavard. Pourquoi me parle-t-il de cette analyse d'écriture, s'il prend, au préalable, le soin de m'annoncer qu'elle n'a guère de sens ? Sur ma gauche je devine un mouvement. Morlon s'est levée, puis rassise. Il a compris et stoppe son discours.

– Les conclusions sont nettes : ces lignes, je veux parler des trois textes, ont toutes été tracées par un même individu. Difficile de déterminer le sexe. Dans la force de l'âge, disons entre trente et quarante-cinq ans. Il ou elle écrit dans sa langue maternelle, en l'occurrence le français. L'extrême régularité des espacements et la configuration de chaque lettre indiquent qu'il s'agit sans doute d'un être sûr de lui, à faible coefficient émotionnel.

Zafran feuillette le compte rendu de l'expert. De l'endroit où je me trouve, je remarque qu'il y a trois pages dactylographiées. Il les plie en deux, puis en quatre, avec un soin maniaque. J'ai un instant l'impression qu'il va continuer son pliage et fabriquer une cocotte en papier.

– Le reste est beaucoup plus aléatoire et n'offre pas

grand intérêt, je vous en fais grâce. Il s'agit de considérations psychanalytiques que le docteur Morlon et moi-même avons jugé contestables.

Je me redresse dans le fauteuil.

– Très bien. Je suppose que c'est le moment où Hercule Poirot dit : « Il ne s'agit plus que de trouver à l'intérieur de cet hôpital un homme ou une femme, entre trente et quarante-cinq ans, un individu sain, qui éprouve le besoin d'écrire sur les cahiers à dessin de petites filles autistes. »

Zafran rit. Belles dents. Un physique de tombeur dans un film des années soixante. J'enchaîne en souriant :

– Poirot ayant repoussé sa tasse de thé et lissé sa moustache, murmure avec un soupir de satisfaction : « Avouez, professeur Zafran, la police cerne la maison, vous n'avez aucune chance de vous en sortir... »

Avec un petit rire gêné, Morlon intervient :

– Nous allons passer à tout autre chose. Il y a quelques jours, je vous ai demandé, ainsi qu'à tous les parents de nos patientes de la salle 3, si vous ne voyiez pas d'objection à ce que votre fille soit filmée. Vous avez accepté, comme tous les autres.

Un boîtier noir de cassette surgit entre ses mains.

– Depuis, nous enregistrons leurs activités. Pour un non-initié, ces documents sont fastidieux, et pour un œil non averti le travail de nos spécialistes semble se résumer à peu de chose, au mieux à une sorte de garderie, on peut parfois avoir l'impression d'un désintérêt absolu. Ce sentiment est amplifié par le fait que l'enregistrement que nous allons projeter provient d'une caméra fixe, dont l'objectif ne varie jamais. Vous aurez aussi une déformation des corps et des visages due au fait que l'appareil est fixé dans un angle du plafond.

J'éprouve le besoin de croiser les jambes. Cette projection me stresse, je ne sais pas pourquoi. Pas encore.

Zafran décide de jouer les techniciens. Il enclenche la cassette dans le magnétoscope.

L'écran de la télévision scintille. Neige horizontale. Soudain l'image jaillit. Le son envahit la pièce. Zafran règle le son. Je reconnais Leïla penchée sur une fillette que je ne vois pas, masquée par le corps de l'éducatrice.

Les secondes défilent dans le coin de l'image à droite : 17 h 31, 32... C'est la fin de la journée.

Voix de Leïla : « Ne jette pas le cube, Pénélope, reprends-le et pose-le... »

Sur le tapis qui recouvre la table, un amoncellement d'objets. Pénélope, assise, tourne sur ses fesses comme une petite toupie : toujours cette impression, chez ce genre de malades, qu'un geste répété ne s'arrêtera jamais.

Leïla : « Le cube, Pénélope. Donne-le-moi. »

Une des petites occulte le groupe quelques secondes, c'est Sandra. Elle passe et repasse trois fois de suite devant la caméra. Je n'ai pas encore vu ma fille.

Leïla se lève, une des gosses se précipite et se colle à sa jambe qu'elle encercle des deux bras.

Leïla : « Fini pour aujourd'hui, on continuera demain, je voudrais qu'on range un peu... »

Accélération rapide des images. Zafran manœuvre la commande.

– J'en viens au passage qui nous intéresse.

Le défilement redevient normal. Les chiffres indiquent 17 h 53. Vingt minutes se sont écoulées en quelques secondes.

La salle est vide. Les cahiers de dessin sont empilés

sur une table basse. Le premier de la pile a une couverture rouge.

Quelqu'un entre dans le champ, c'est l'une des fillettes, mais il est impossible de savoir laquelle, elle s'est enroulée dans une des couvertures qui parsèment le sol, et sa tête disparaît sous l'espèce de capuchon qu'elle s'est fabriqué. De plus, elle tourne le dos à la caméra.

– Regardez attentivement. Si un détail vous frappe je ferai un arrêt sur image.

La forme s'approche de la table basse et s'assoit par terre. On ne distingue pas très bien ce qui se passe, on ne voit pas les mains.

– Elle prend le cahier, dit Zafran.

C'est vrai, la couverture glisse et disparaît. Malgré l'épaisseur du corps, on voit le cahier s'ouvrir vers la droite, des pages se tournent.

– Arrêtez.

Zafran obéit. Il n'a cependant pas été assez rapide.

– Vous pouvez revenir en arrière ?

Les images repassent en un ralenti saccadé.

– Stop.

Le dessin que j'ai déjà vu : la forme noire, presque circulaire.

– Le cahier de Sandra, dis-je.

– Exact, dit Morlon.

Sur la gauche des épaules enveloppées par la couverture, un quart de page apparaît, blanc cette fois. L'immobilité est si grande que je me demande pendant quelques secondes si l'appareil n'est pas détraqué. Le micro a enregistré un brouhaha léger dans le couloir, on entend une phrase distincte qui surnage : « Je cherche le dossier Logane. » La réponse n'est pas audible.

– Regardez, dit Morlon, sur la gauche de la page.

Des mots s'inscrivent. Trop loin pour qu'on puisse les lire. Une première ligne. Une deuxième.

Zafran tend la télécommande vers l'écran. Tout s'éteint. J'ouvre la bouche pour protester lorsqu'il intervient :

– Nous allons reprendre l'enregistrement mais, auparavant, j'aimerais que vous regardiez ceci.

Je prends les photos que me tend Morlon. Ce sont deux agrandissements 20-27. Tous deux sont centrés sur le texte que je viens de voir en train de s'écrire. Dans les deux cas, les mots sont déchiffrables. Le grossissement est énorme. On a dû faire un gros travail sur la définition car, malgré la distance, le texte, au moins une petite partie, apparaît sur les deux clichés. Le deuxième est particulièrement net, les lignes sont interrompues par le corps de la silhouette qui écrit.

« Nous ne franchirons pas la K...
et la tempête app... »

Je rends les photos à Morlon qui ne me quitte pas des yeux.

– Nous pouvons reprendre la projection ?

– Vous pouvez.

Masqués par le dos qui occulte la presque totalité de l'écran, on ne voit pas les derniers mots et la date qui s'écrivent sur le cahier : je les connais déjà par cœur.

« ... approche, elle vient droit sur nous. 15 décembre 2102. »

La forme, toujours entourée de la couverture, referme le cahier, le remet sur la pile et se lève.

– Regardez bien, dit Zafran. C'est maintenant.

Quelque chose de métallique dans la voix me surprend. Que va-t-il se passer de si important pour qu'il juge nécessaire de me prévenir ?

La forme se retourne et, du même coup, fait face à la caméra. La couverture glisse, le visage apparaît quelques secondes droit sur l'objectif.

C'est Clara.

L'écran devient noir.

C'était Clara.

Aucun des deux ne me regarde.

Je ferme les yeux, je joins les mains et pose mon menton sur les extrémités des phalanges de mes deux médius. Rester calme avant tout. Ça, je sais le faire. J'ai eu ma part d'acteurs en perdition, de réalisateurs bourrés et de directeurs photo encocaïnés, sans parler de scénaristes en panne.

– Très bien, dis-je. On reprend l'histoire depuis le début. Il y a six ans aujourd'hui, trois diagnostics concernant ma fille ont été suffisamment convergents pour que l'on puisse donner un nom à sa maladie : Clara a été déclarée autiste par les meilleurs spécialistes. Elle possède les cinq grands signes cliniques qui permettent de repérer la psychose : le début précoce des troubles – elle n'avait pas quatorze mois –, l'isolement absolu dans sa coquille, le besoin de retrouver un environnement parfaitement identique à chaque seconde de sa vie, une gestuelle stéréotypée et syncopée, enfin un mutisme quasi intégral. Cette enfant qui, pour en rester à ce dernier point, n'a absolument pas accès au langage articulé, qui ne comprend pas le sens des mots et qui ne différenciera jamais une lettre d'une autre pendant le reste de sa vie, cette enfant vient d'écrire, sans rature et sans effort, trois lignes d'environ trente mots, comprenant des chiffres, des noms communs et des noms propres, des verbes, des pronoms, des articles, de la ponctuation, et le tout sans une seule faute d'orthographe, de grammaire ou de vocabulaire, c'est ce que vous voulez me faire croire ?

Zafran cherche quelque chose dans la poche de poitrine de sa chemise et suspend brusquement son geste. Un ancien fumeur.

– Il faut que nous ayons une conversation sérieuse, dit-il.

– Ça tombe mal, dis-je, je suis venu spécialement pour rigoler.

Morlon lève une main apaisante : la posture du grand sachem pour empêcher le combat des chefs.

– Monsieur Bond, dit-elle, nous avons, non pas à vous expliquer, mais à vous exposer plusieurs phénomènes à partir desquels nous vous demanderons, si vous en êtes d'accord, de réfléchir avec nous. Libre à vous de ne pas vouloir nous entendre, mais ce serait dommage.

J'ouvre la bouche pour répondre mais Zafran me devance. Leur numéro à tous les deux est au point, si tant est qu'il y ait un numéro.

– Avant toute chose, une simple précaution : vous risquez d'entendre de notre part des choses qui vont heurter votre cartésianisme et les lois élémentaires de la raison. Une question : croyez-vous au supranormal, aux fantômes, aux sorciers, sorcières, tables tournantes, communication avec les défunts, et à tout ce genre de choses ?

– Pas le moins du monde.

– Ça tombe bien, coupe Morlon, nous non plus.

Tandis qu'ils se renvoient la balle, une idée tournicote de plus en plus vite dans ma tête. Pourquoi font-ils cela ? Pourquoi ont-ils truqué la vidéo ? Ce n'est pas à moi qu'il faut apprendre que, dans ce domaine, tout est possible. Un gosse de douze ans, avec un ordinateur de supermarché, peut facilement le faire. S'il n'y a pas trucage, le mystère commence là.

– Je suppose, dit Zafran, que vous avez lu pas mal d'ouvrages concernant le mal dont souffre Clara ?

Tu parles si j'en ai lu, de Bleuler à Bettelheim en passant par Spitz et Anna Freud, il n'y en a pas beaucoup qui ont dû m'échapper. Lorna se tapait les bouquins américains et allemands qui n'avaient pas été traduits. Je ne mentionne même pas le nombre de revues médicales, psychiatriques, psychanalytiques et autres dans lesquelles nous nous sommes plongés, de là les tubes d'aspirine s'empilant dans l'armoire à pharmacie.

– Je ne vais pas vous résumer l'historique de la conception de la maladie, poursuit Zafran. Les tendances actuelles s'orientent davantage vers la biologie du cerveau qu'autrefois, même dans le cas, qui est celui de votre fille, où aucune lésion n'a été décelée, mais là encore les thèses diffèrent, l'organicisme est pluriel, les psychiatres ne sont pas d'accord, bref chacun ou presque a son intuition...

– D'accord, dis-je, si vous voulez dire que la science patauge devant ce phénomène, vous pouvez arrêter la démonstration, depuis toutes ces années j'ai eu largement le temps de m'en apercevoir.

Tout en prononçant ces mots, mon regard croise celui de Morlon. Je ne tiens pas à lui faire de la peine.

– Je ne dis pas cela pour condamner votre service, docteur Morlon, j'y trouve du dévouement, de la compétence, et ma fille y semble apaisée, ce qui est peut-être la seule forme de bonheur à laquelle elle puisse prétendre, mais pouvez-vous m'assurer que, depuis trois ans qu'elle passe ses journées dans ces murs, vous ayez enregistré quelque forme de progrès ?

– Des changements.

– Ne jouons pas sur les mots. Clara n'a accompli aucun progrès. D'accord ?

Morlon hoche la tête. Je sais que je suis injuste, que nous manquons d'instruments de mesure pour pouvoir répondre à une telle question, que ce n'est pas en ces termes que l'on peut aborder le problème, mais je suis lancé :

– Expliquez-moi alors comment se peut-il que ma fille ait écrit ces trois textes.

– C'est ce que je vais essayer de faire, j'avais d'ailleurs commencé...

Calme, Zafran. Il dégage en cet instant une impressionnante sérénité, de quoi apaiser tout un pavillon d'agités d'un battement de cils.

– Vous avez employé le verbe « patauger », dit-il, en fait c'est pire que ça. On ne sait même pas dans quel secteur de la médecine classer l'autisme, au point que des recherches ont été entreprises dans le domaine de la chimie du cerveau, de son potentiel électrique. À partir des années quatre-vingt-dix, on s'est orienté dans ce sens. Une école s'est acharnée à démontrer que tout se passait comme dans une installation électrique parfaite mais parcourue par une intensité de courant trop faible pour mettre la machine en marche. Cette thèse est abandonnée aujourd'hui, faute de résultats concluants. Je vous fais grâce d'autres théories, restées lettre morte. Nous en arrivons à 1997.

Le téléphone sonne. Instantanément, Morlon décroche.

– Je rappellerai. Dans dix minutes.

– Qu'est-ce qui s'est passé en 1997 ?

Zafran croise les doigts et entoure son genou droit. Je n'avais pas remarqué qu'il avait une brochette de stylos à la poche de sa blouse.

– En 1997, le professeur Dandworth, membre honoraire d'une société se réclamant à la fois du culturalisme et de l'antipsychiatrie, émet une hypothèse qui va le faire exclure par toutes les instances de son pays. Il est américain. C'est la fameuse théorie de l'envahissement.

J'ouvre la bouche pour demander des explications lorsque Morlon prend la relève. Le numéro de duettistes continue.

– Dandworth s'occupait de tout autre chose que de pédiatrie. Il travaillait sur la schizophrénie mais il se trouve qu'il avait un enfant autiste. Un garçon, Arnold. Il explique dans un rapport qui restera deux ans confidentiel que, mû par une intuition, il a l'idée, un soir, de pratiquer l'hypnose sur son fils qui a onze ans à l'époque.

Il fait chaud soudain. Il semble qu'une main invisible ait brusquement tourné le bouton de la climatisation.

– Et que se passe-t-il ?

Zafran parle. Le débit se précipite. Il a pris le ton « vous y croyez ou vous n'y croyez pas, je m'en tape ».

– Dandworth raconte que le garçon laisse échapper quelques phrases structurées, ce qui ne lui était jamais arrivé auparavant. Dandworth l'interroge et lui demande qui il est. Arnold répond qu'il est Peter et qu'il a des difficultés avec l'un des chevaux. Je vous passe les détails. Dandworth fait des recherches et retrouve en 1847 la trace d'un aïeul, Peter Dandworth, maréchal-ferrant, qui était marié à Kathryn Dandworth. Le nom de Kathryn est prononcé par Arnold au cours d'une nouvelle séance.

Je me lève. Me rassois.

– Et c'est à partir de ça qu'il a inventé son explication de l'autisme ?

– Exactement, dit Zafran. Pour lui, cela viendrait de la présence de deux pensées à l'intérieur d'un même cerveau, chacune annihilant l'autre.

– Prononçons le mot, dis-je, il y a de la réincarnation là-dedans.

– La thèse de Dandworth est encore plus folle, dit Morlon, il explique l'autisme comme un raté de la réincarnation, une pensée, disons une âme pour employer un vocabulaire mystique, en envahit une autre déjà formée, et les deux ne cesseront plus de se battre.

Cette fois, c'est décidé, je vais me remettre à fumer.

– Vous voulez dire par là que quelqu'un, une autre personne, qui n'est pas Clara, s'est glissée à l'intérieur de Clara et que...

Je bafouille. Ces deux-là sont cinglés. Complètement.

Zafran se penche vers moi. Je devine qu'il va enfoncer le clou.

– Dandworth est mort sans avoir pu aller jusqu'au bout de ses expériences. Il s'est suicidé. Ses proches ont affirmé qu'il n'avait pas supporté sa mise à l'écart des milieux scientifiques après la divulgation de ses travaux.

– Et c'est uniquement là-dessus que vous vous appuyez pour...

– Il y a eu d'autres phénomènes à l'appui de cette thèse, coupe Morlon, minimes, je vous l'accorde, mais suffisants pour donner à réfléchir.

– Autre chose : en supposant que Clara ait écrit ces lignes, elle ne l'a pas fait en état hypnotique !

– Écoutez, monsieur Bond, dit Zafran, nous sommes dans un domaine qui dépasse notre entendement, je peux vous affirmer que...

Tandis qu'il continue à pérorer, une idée me vient : je le coupe.

– Je vous signale que ces textes sont datés. Si le fils de Dandworth a pu être envahi par la présence d'un arrière-grand-père, vous allez avoir du mal à me faire admettre que Clara est la réincarnation d'un type qui vit dans un siècle futur, ce qui indique qu'il n'est pas encore né au moment où nous parlons.

– Exact, dit Morlon, c'est en cela que le cas de votre fille est particulièrement énigmatique.

– Ravi de vous l'entendre dire.

Elle rougit, brusquement mal à l'aise.

– Excusez-moi, je me suis mal exprimée...

Je me lève, pour de bon cette fois.

– Donnez-moi le temps d'encaisser et de laisser macérer tout ça, je suppose que vous aimeriez que je vous donne l'autorisation d'effectuer une expérience d'hypnose sur Clara. Il me faut quelques jours pour y réfléchir.

La poignée de main de Zafran est ferme.

– Bien sûr. Merci de nous avoir écoutés, le docteur Morlon et moi. Beaucoup n'auraient pas eu votre patience.

Je me retourne avant de quitter la pièce.

– Est-il possible que Dandworth ait été un escroc ou un plaisantin, et qu'il se soit livré à une supercherie ?

Morlon n'hésite pas.

– C'est possible.

Puisque j'y suis, autant aller jusqu'au bout.

– Est-il possible que les professeurs Zafran et Morlon, pour une raison que j'ignore, aient voulu me tromper en truquant une vidéo ?

Le sourire de Zafran s'accentue.

– Je me demande quel avantage...

Je les regarde.

– Je n'en sais rien, dis-je, mais s'il y en a un je trouverai. On ne m'appelle pas Bond pour rien.

14 septembre 2102

Matin de glace bleue.

Givre partout sur les remparts, les échauguettes, si tant est que ces sortes de tourelles s'appellent ainsi. Je me demande si une partie du charme de ces anciens châteaux ne vient pas du fait que l'on a oublié le nom des éléments architecturaux qui les composent. Que sont les mâchicoulis, les meurtrières, les courtines... les... les quoi au fait ?

Six heures. Une vague lueur là-bas vers l'est, mais c'est sans doute parce que je sais que si le soleil se lève un jour, ce sera par là.

L'herbe craque sous les semelles, cartonnée de froid, cassante et livide sous les étoiles dont la lumière se dilue peu à peu, un bruit de neige déjà.

Je sens à travers mes gants la chaleur du gobelet en plastique, la fumée du café monte, droite dans l'air d'hiver : un air-rasoir, une lame-poignard impalpable que les flammes des torchères ne réchaufferont pas.

Tout à l'heure, un projecteur balayait la façade, et en avait jailli une masse pesante et agressive, une machine de guerre oubliée là par les siècles et qui se recroquevillait sous le noir de la nuit. Et puis tout s'était éteint. La paix des pierres était revenue.

J'erre entre les câbles et les rails des travellings. Qui dira, qui chantera un jour l'inutilité désespérante et solitaire des responsables de production au cours des tournages ? Les portes monumentales sont ouvertes et des silhouettes passent. Canadiennes sur des pourpoints, anoraks de ski sur des crinolines d'un autre siècle : c'est la scène de procession qui se prépare. Ombres chinoises qui, soudain, explosent en taffetas violine et dentelles crayeuses. Cent cinquante figurants prévus. Quarante-cinq minutes de retard déjà. Werner n'est pas là. « Monsieur Werner se concentre. » Ce garçon n'arrête pas de se concentrer, le résultat : une semaine de dépassement. À moi de lui sauter à la gorge. Il le sait et je me demande si sa concentration de ce matin ne vient pas davantage d'un désir de m'éviter que d'une réflexion intense sur l'emplacement et le mouvement des trois caméras prévues. Je suis, en ces lieux d'autrefois, le monstre sec des Temps modernes, je suis le chiffre et le temps opposés à la création libre et fugace. Je serai, en cette fin de nuit, au milieu des volutes de l'inspiration, l'ombre repoussante du tiroir-caisse.

J'ai accepté le principe d'une séance d'hypnose.

– Bonjour, monsieur Bond.

– Bonjour, Max.

Je suis le seul ici dont on ignore le prénom. Personnage épisodique et dangereux pouvant d'une seconde à l'autre couper le robinet à euros. Intérêt donc à ne pas trop me marcher dessus. Courtoisie obligée. Max est l'un des perchmen, je le retrouve de film en film, la cinquantaine. Depuis des décennies il tient le manche, il a quelques titres de gloire, il était sur les séquences françaises de *French Connection*, Belmondo le tutoyait, toute une vie à prendre le son...

L'herbe s'illumine, argent, diamant, scintillements, les électriciens balaient le parc, long faisceau de rayons divergents qui fait danser les silhouettes. Voici Werner, là-bas, au milieu d'un groupe.

Ils m'ont certifié qu'il n'y avait pas de danger, ce tournage ne m'intéresse pas, Clara est dans ma tête, toujours présente.

Rien ne s'est produit de nouveau depuis ma visite chez Morlon et Zafran. Pourtant un nouveau geste est apparu : pour employer leur jargon, on peut parler de répétition compulsive. Ainsi, depuis quatre jours, Clara écarte de façon spasmodique tous les doigts de la main gauche, sa main s'ouvre et se ferme à intervalles réguliers, comme un petit animal indépendant du corps.

Ils sortent. Un cortège doit se former puis se disloquer le long des douves, les caméras pivotent, un assistant court pour régler la répétition. C'est parti. Je regarde ma montre : il est six heures vingt. Je verrai Werner après la prise, je ne veux pas le stresser, il l'est déjà assez, ou il joue à l'être, ce qui lui permet de rester serein.

Geste mécanique que ce nouveau mouvement chez Clara, impression qu'un petit rouage, une machinerie subtile de nerfs et de muscles entre en action, de façon régulière et solitaire. Nulle souffrance et cela me rassure. J'ai souvent remarqué, au cours des années précédentes, que la réitération s'accompagnait d'une douleur souvent violente. Il n'en est plus de même aujourd'hui.

Cliquetis d'épées. Brouhaha des mises en place. Ces sons ont scandé une partie de ma vie, toujours associés à un espoir irrépressible et infini : cette séquence qui va être tournée ne restera-t-elle pas dans la mémoire des hommes comme l'une des plus belles du cinéma ? Quelques images, quelques mots qui vont changer des vies, en imprégner à jamais certaines d'une image ineffaçable de beauté, qui sait ? Le cinéma n'est peut-être rien d'autre que cette attente. Ayez du génie, monsieur Werner, on ne vous demande que cela, simplement du génie.

Je m'écarte, un flot multicolore passe, éclaboussé par l'or des lumières. De là où je me trouve, je peux voir la foule inversée dans la pièce d'eau. La buée sort de toutes les lèvres fardées. L'écho des rires me parvient. À l'écart, assis sur le parapet de pierre, un couple discute en tirant sur la même cigarette. La pointe du justaucorps descend très bas, s'enfonçant dans les plis de la robe de taffetas, manches gigot, cou cerclé de fausses perles. Lorna avait cette silhouette, la coiffe occulte le visage, oui, elle était ainsi.

Avant la naissance de Clara, elle s'amusait à faire de la figuration sur les films que produisait Malorin. Nous savions l'un et l'autre combien ce travail est fastidieux, mais c'était plus fort qu'elle, « juste pour une journée... » : je l'embauchais, elle a été successivement une prostituée tapinant sous un échangeur d'autoroute (sa grosse grippe de 92), une paysanne se rendant à l'église dans un téléfilm péquenot de France 3, une passante chic se faisant bousculer par Depardieu dans *Colonel Chabert*, quelques autres encore. Le déguisement la ravissait, les costumières, les maquilleuses, tout cet univers en ébullition. Elle courait vers moi, transformée... « Comment tu me trouves ? » Je la trouvais... je n'ai jamais pu lui dire, elle était éclatante, la vie sortait d'elle par chacun de ses pores, elle irradiait la fête, j'ai conservé en mémoire l'éclat de l'émail que son sourire dévoilait. Nous avons beaucoup ri, et il me semble, en ce matin de glace et de ténèbres, que ceux avec lesquels on a beaucoup ri vous quittent moins que les autres, qu'il subsiste un écho qui traîne le long des souvenirs d'une vie... une trace : la seule qui vaille d'être conservée, la preuve unique qu'il fut un temps où, en tel lieu, nous avons été heureux, et je tenais alors dans mes bras un condensé d'univers en forme de femme. Elle était ma chanson, mon plaisir.

– Moteur demandé !

La voix, multipliée par le mégaphone, emplit l'espace. Les anoraks ont disparu, les cigarettes aussi.

Bruissement de soie, le couple a quitté le parapet et rejoint sa place près de la poterne, l'ombre des flambeaux fait danser les lions de pierre qui surplombent les piliers de l'ancien pont-levis.

– Silence...

On va tourner. Lorna s'éloigne, elle ne restera pas longtemps loin de moi, je le sais. Elle reviendra, au hasard des idées, des décors, de ce que je vivrai, entendrai, sentirai, respirerai. On peut très bien vivre avec une femme absente, j'en suis la preuve vivante. Dans les mois qui ont suivi son départ, il m'est arrivé de me promener dans les rues en gardant contre mon épaule l'empreinte de son corps. Sa place en creux, près de moi, à ma droite...

Qu'est-ce que j'ai ce matin ? Je me vautre dans le grand lit douceâtre et mollasson de la nostalgie.

– Moteur !

– Ça tourne !

Finalement, Werner n'a pas été trop vétilleux. Les scènes de groupe l'intéressent sans doute moins que les autres. Je l'ai secoué pendant le repas de midi, il a râlé pour le principe mais a été d'accord pour supprimer deux scènes du scénario. Du coup, son retard s'est trouvé en partie rattrapé. Je suis rentré content de moi, la voiture filait comme le vent à tel point que je me suis demandé s'il en était des automobiles comme des chevaux, et s'il y avait des jours où elles étaient plus en forme que d'autres.

Un café sur une aire d'autoroute.

Personne en cette saison. Deux serveuses en tablier publicitaire bayaient aux corneilles. Immense salle rose bonbon que les glaces multiplient. Je me suis installé à une table et ai aperçu mon reflet, réfléchi jusqu'au fin fond de l'univers. La radio prévenait aimablement que le froid allait s'installer, et pour longtemps. Pourquoi ce genre d'information me procure-t-il un étrange sentiment de bien-être et de satisfaction ? Sans doute parce qu'il y a là une sorte de fatalité s'étendant sur nos têtes à tous, j'appartiens à une communauté qui va avoir à supporter les frimas d'une saison identique, mes frères humains vont devoir s'engoncer : la météo nous sert de lien social... Faute d'idéal politique, de rêve d'une cité radieuse et de fraternité citoyenne, nous nous contenterons de recevoir les mêmes flocons.

J'ai quitté ces lieux déprimants, les deux filles m'ont regardé partir et regagner la Volvo, avec un interminable regard d'envie, j'étais la preuve que la vie continuait, au-delà des glaces, au-delà des lignes blanches des parkings déserts.

Dès que j'ai eu remis le contact, l'image de Clara a surgi. Il restait quatre heures avant le rendez-vous pour la séance d'hypnose.

Comment les médecins allaient-ils s'y prendre ? Comment pouvaient-ils croire qu'ils réussiraient ? Le monde extérieur était si peu présent à sa conscience que je pouvais me demander encore aujourd'hui si elle avait pu, à certains moments, identifier une forme, un visage qui fût moi, distinct du décor qui m'entourait. Étais-je pour elle différent des murs, des meubles, de tout ce qui encombrait sa vision ? Je n'en étais pas sûr.

Je m'étais souvent demandé quel aurait été son comportement, au cours des cauchemars qui, à une époque, avaient brisé son sommeil, si un autre que moi était venu... Morlon m'avait expliqué que ce genre de malade, s'il n'avait pas la reconnaissance de l'individu, en avait la connaissance sensitive : il lui fallait retrouver les mêmes odeurs, le même son de voix, le même toucher. Lorna, un soir, l'avait prise dans ses bras après avoir endossé une robe de chambre neuve, et les crises avaient redoublé : quelque chose d'étranger avait pénétré son champ sensoriel et l'étranger était l'ennemi, l'agression et la mort... Je n'étais pour elle qu'un assemblage de sensations, un son de voix, une forme familière donc rassurante, mais la totalité de ces impressions ne me constituait pas en unité pensante. C'était cela aussi que Lorna avait fui. Elle avait eu une enfant dont elle ne serait jamais la mère...

Paris : 45 kilomètres.

Le panneau pivote, s'enfonce derrière moi. Dans moins d'une heure je serai arrivé.

Je n'ai plus pensé à cette histoire de textes. Bizarrement parfois, l'un d'eux me revient, je me rends compte que je les ai retenus sans chercher à les apprendre. Que s'est-il passé avec cet enregistrement ? À aucun moment je n'ai vu Clara écrire, former des mots de sa main. Le mouvement général du corps le suggère mais rien n'est sûr.

Trop incroyable. Que cherchent ces deux toubibs ? Démontrer la liaison, entre l'autisme et... et quoi ? Et l'avenir ? L'avenir de plus d'un siècle... une théorie divinatoire, une histoire de cinglé absolu.

Je sais que les relations entre la psychopathologie et le supranormal sont vieilles comme le monde : « Bienheureux les simples d'esprit... » Dans les villages des siècles derniers, on ne doute pas que l'idiot entrera tout droit dans la demeure du Seigneur... à cela se mêle la crainte de l'imprévisible folie, marque du Malin : le débile a le diable dans la tête, le fou possède en lui la marque du démon, chassez le démon et la créature sera sauvée, le prêtre exorciste joue le rôle du psychanalyste. Mais ici, les choses sont différentes, je ne crois pas que Zafran et Morlon y cherchent une gloire médiatique aussi usurpée qu'éphémère. « Le cas Clara » – 20 h 45 sur TF1. Non. Impossible. Le plus troublant est cette sorte de réincarnation inversée, comme si nous portions en nous les traces d'un monde qui n'est pas encore né.

« Nous avons atteint Ambler en fin de journée... 17 septembre 2102 » : Clara, par le biais de son handicap, aurait accès à une vie qu'elle vivra dans un siècle... elle sait qui elle sera... elle peut lire des bribes de son destin et les reproduire... Vertige !

J'ai eu peur que la circulation se densifie à l'approche de la capitale mais elle est restée fluide, les périphériques n'étaient pas davantage encombrés. Je me suis garé dans le parking de l'établissement avec un quart d'heure d'avance.

À la difficulté avec laquelle j'ai fermé la portière à clef, je me suis rendu compte que ma nervosité était plus grande que ce que j'avais cru.

C'est Clara que j'ai vue la première lorsque j'ai poussé la porte. Elle était assise en tailleur et m'a regardé. Cela avait été le plus difficile à supporter, son absence d'expression, d'un signe qui aurait indiqué qu'elle me reconnaissait, qu'elle n'assistait pas à l'arrivée d'une personne quelconque...

– Si vous voulez emmener Clara, le docteur Morlon vous attend.

J'ai pris ma fille dans mes bras et j'ai salué Leïla. Dans le couloir, une plainte courait, une sorte de hululement continu, un loup lointain perdu dans une solitude incommensurable, un désert froid dont on ne sort pas. Les boucles de Clara chatouillaient mon nez, son visage s'était enfoui dans mon épaule. Elle devenait lourde avec les années qui passaient. Sa main gauche s'ouvrait, se fermait toujours, seul élément mobile de son corps.

Morlon et Zafran m'attendaient. Au centre du bureau, il y avait une chaise qui n'y était pas la dernière fois, c'était celle de Clara.

Une chaise d'enfant rembourrée, bariolée.

Lorsque Clara y fut installée, Zafran s'est agenouillé devant elle et, sans préparation, la séance a commencé.

Les mots n'avaient pas d'importance, Zafran le savait et j'ai compris tout de suite que, bien qu'il répétât ceux qu'il devait employer pour ses patients normaux, il avait décidé de jouer le jeu.

Il avait adopté un débit plus lent et une voix différente, plus basse que sa tonalité habituelle, mais les formules étaient celles d'une tentative d'hypnose classique.

– Regarde mon doigt, Clara, regarde, il s'éloigne de toi, il se rapproche, et tu vas t'endormir... ne résiste pas.

De l'endroit où je me trouvais, je pouvoir voir le visage de ma fille : elle ne bougeait pas. Simplement, à l'inverse de ce qu'il demandait, elle le fixait, lui, et ses yeux me parurent soudain plus grands que d'habitude. Pendant tout le temps que dura la tentative, il me semble qu'elle ne cilla pas une seule fois.

– Tes paupières vont devenir lourdes, et dès que tu vas entrer dans le sommeil...

Nos regards se sont croisés, à Morlon et à moi.

Tu parles comme elle allait s'endormir ! Il n'était pas nécessaire d'avoir fait beaucoup de psychologie pour s'apercevoir qu'il n'y avait pas en cet instant, sur l'ensemble de la planète, une gosse plus réveillée qu'elle.

– Regarde bien mon doigt, Clara, regarde-le encore...

Dans l'attitude de ma fille, quelque chose avait tout de même changé : elle avait atteint un stade d'immobilité que je lui avais rarement connu lorsqu'elle se trouvait à l'état de veille. Même les mouvements de sa main me parurent plus lents. La musique basse, la vibration des mots pouvaient avoir sur elle un effet apaisant. Je lui avais connu des états semblables dans les moments de surprise, un changement dans son univers habituel pouvait créer un état de surexcitation épouvantable ou, à l'inverse, presque de pétrification. Même sa respiration semblait alors suspendue. C'est ce qui se passait en ce moment.

La voix de Zafran ralentit encore. Il se pencha vers elle, et j'ai eu du mal à entendre ce qu'il lui murmurait à l'oreille.

– Tu vas oublier tout à l'heure ma question, mais essaie d'y répondre : il fait froid et la tempête approche, mais qui est sur l'autre rive ? Et qui a tué les chiens ?

Elle le fixe toujours. Droit dans les yeux. Je n'ai pas pu m'empêcher d'avoir un frisson. Une peur physique, insupportable.

Elle n'a pas bronché et son immobilité était si grande que j'ai eu envie de faire cesser tout ce cirque, d'avancer vers elle, de la prendre dans mes bras pour l'arracher à quelque chose que je sentais de plus en plus dangereux.

Zafran a dû comprendre en même temps que moi qu'il était temps d'arrêter, car il s'est relevé lentement. Leurs yeux se sont séparés, et j'ai eu la sensation d'une difficulté réciproque à écarter leur ligne de vision, quelque chose résistait, il m'a semblé qu'ils avaient tissé, entre leurs pupilles, une droite tangible qui ne parvenait pas à se rompre.

Un soupir est venu sur les lèvres de Clara et elle a recommencé à s'agiter. Elle a quitté le petit siège et est allée coller son visage à l'angle de la porte et du mur, avec ce mouvement des épaules qui lui était familier.

– Merci de nous avoir permis cette tentative, dit Zafran, il était prévisible que nous allions vers un échec, mais essayer n'offrait pas de danger.

Morlon prend la relève :

– L'hypnose ne réussit pas à tous les coups, même avec des sujets dits normaux, nous avons pensé qu'avec Clara, simplement en captant son attention, et avec une sonorité travaillée, nous aurions accès à... c'était assez prétentieux de notre part.

Elle sourit. Se lève. Zafran me tend la main.

– Si de nouveaux phénomènes apparaissent, pourriez-vous être assez aimable pour nous en faire part ?

– Bien sûr.

Dans la voiture, j'installe Clara sur son siège et boucle sa ceinture. Je me sens bizarrement satisfait de ce que rien ne se soit produit. Il doit subsister en moi de vieux restes de très idiots atavismes, je dois craindre que ce genre de pratique ne soit, peut-être, pas si loin de la sorcellerie, du magnétisme. Je m'en méfie, au fond.

Je souris à Clara tandis que nous démarrons.

– Bien joué, ma mignonne, tu ne t'es pas laissée faire et tu as eu raison. Ce soir, double ration de yaourt aux fraises.

Vieille histoire, le yaourt aux fraises : après en avoir pulvérisé une bonne douzaine de pots sur les murs de la cuisine, c'est un jour devenu mystérieusement le dessert préféré.

– Un peu de musique ?

Mettre la radio, c'est jouer à quitte ou double, ça peut se traduire par une intense satisfaction exprimée par roucoulements et cris joyeux, ou tentatives furibardes de réduire en miettes l'intérieur de l'habitacle à coups de pied, de poing et de tête.

Il y avait eu l'épisode *Tosca*.

Lorna avait remarqué que l'écoute du dernier acte de l'opéra de Puccini semblait particulièrement appréciée. Elle me l'avait signalé et, il y a trois ans, sur l'autoroute, j'ai mis la cassette alors que je me trouvais seul avec Clara. Les quatre premières mesures n'avaient pas fini de retentir que la môme s'était déjà fracturé les deux métatarses à force de shooter dans le siège avant, et elle hurlait à la mort, le corps tendu comme un arc, la ceinture de sécurité prête à craquer. Impossible donc de prévoir.

Je sélectionne France Musiques. Un concerto pour piano. J'ignore de qui il est, je ne suis pas un spécialiste de musique classique, loin de là, mais les notes qui s'égrennent n'entraînent pas de déchaînements de la part de ma fille. C'est une sorte de valse, une valse d'ailleurs, noyée sous les doigts lointains des souvenirs du pianiste, un air à écouter, le soir tombant sur le lac, des saules pleureurs et des vieux palaces autour, un amour ancien et disparu traîne dans les couloirs, le parc.

Parking.

Elle s'est endormie.

Un des néons du souterrain vibrote mais la violence blafarde de la lumière ne la réveille pas, pas davantage que le mouvement de l'ascenseur.

Je la porte jusqu'au divan du salon où je la dépose à côté de son sac.

La pénombre règne dans la pièce et j'allume l'une des lampes basses. Sur le guéridon, à l'endroit habituel, Suzanne Cornier a laissé des instructions aussi précises que sans chaleur : « Réchauffer la purée au micro-ondes – Salade dans le bac à légumes – Finir le poulet froid avec mayonnaise dans bol jaune – À demain. » Pas question de manger le poulet sans mayonnaise, de ne pas toucher à la salade ni de ne pas réchauffer la purée. Ce serait s'exposer à des réprimandes bien senties, du style : « Si vous n'aimez pas ce que je fais, dites-le franchement et débrouillez-vous pour tenter de trouver une créature aussi dévouée et efficace que moi. Mission impossible. »

J'ai abandonné Clara sur son divan et je suis passé dans la cuisine, elle baignait dans une lumière bleue. Masse blanche et phosphorescente du réfrigérateur. Voici la purée sous film plastique, le restant de poulet sous un linceul de papier argent. Bénie soit Mme Cornier.

J'ai sorti deux assiettes du placard et j'allais en refermer la porte lorsque j'ai entendu un bruit dans le salon.

Les êtres que j'ai le plus enviés au cours de ces dernières années, ce sont ceux qui, entendant un bruit dans la pièce où se tient leur enfant, n'éprouvent pas un seul battement de cœur précipité et continuent à vaquer à leurs occupations, à penser à autre chose. Là est le bonheur. Ce n'était pas mon cas.

J'ai posé les assiettes sur la table et je suis entré dans le salon.

Clara était toujours sur le divan.

Le halo de la lampe éclairait le dessus de sa tête penchée, il semblait en cet instant que la véritable source de lumière venait de la blondeur de ses boucles et non de l'abat-jour près d'elle.

J'ai fait deux pas et me suis arrêté. Je pouvais voir facilement ce qu'elle était en train de faire. Il n'y avait aucun obstacle entre elle et moi, pas un reflet, pas un meuble ou un objet qui puisse introduire un risque d'erreur ou me la cacher en partie.

Elle tenait un feutre à la main, elle avait ouvert le cahier à dessin et, de l'endroit où je me trouvais, je pouvais voir les lignes qu'elle venait de tracer. La pointe du feutre reposait sur la dernière lettre.

Nous étions seuls dans cette pièce, elle et moi, ce rond de lumière sur le papier, et pourtant, je peux dire que je n'avais jamais eu aussi peur de ma vie : je suis resté tétanisé, je voyais à l'envers les mots écrits. Plus une goutte de salive dans ma bouche.

Qui avait écrit ?

Ce n'était pas elle, ce n'était pas possible, elle avait toujours été incapable d'émettre deux syllabes structurées à la suite l'une de l'autre.

Qui lui tenait la main ? Qui l'utilisait, quel être venu du fin fond de l'avenir l'avait prise comme instrument pour raconter son histoire, dans quel but ?

J'ai fait un effort sur moi-même et je me suis approché. Il y avait trois lignes parfaitement horizontales et, en dessous, deux chiffres séparés par un mot. Cela formait une date :

14 septembre 2102.

Elle a desserré les trois premiers doigts de sa main et le feutre s'en est échappé, il a roulé et s'est arrêté près du bord de la table, avant de tomber par terre. Clara n'y a pas porté attention, elle s'est roulée en boule et a pris l'un des coussins entre ses bras, dans une position qui lui était familière. Il était évident qu'elle allait se rendormir.

Je me souviens de m'être demandé à ce moment-là si, après tout, la séance d'hypnose à laquelle elle avait été soumise n'avait pas réussi, avec un effet retard. J'ai pris la feuille, et c'est là que j'ai pu me rendre compte que je tremblais.

J'avais le texte sous mes yeux. Certaines parties des lettres brillaient, là où elle avait appuyé le plus. Le feutre séchait peu à peu.

« Je quitterai ce soir les Lockwood. Plus de viande. Les chiens ont fouillé mais je l'ai enterrée profond. Je reconnaîtrai l'endroit si je reviens un jour. Adieu à la rivière. 14 septembre 2102. »

LIVRE II

C'était Lorna

Voici les cascades.

Un grondement de fin du monde.

Lointaines encore. Il est difficile d'estimer la distance : deux kilomètres trois cents peut-être.

Les parois du canyon semblent se rejoindre audessus de nos têtes, très haut là-bas... Les murailles ferreuses qui nous surplombent sont, par endroits, aussi lisses et verticales que des buildings.

Que suis-je venu faire ici ? J'aurais pu rentrer dès ce soir.

Ted est à la barre. Une tête d'Indien comme le cinéma n'ose plus en employer tant il ressemble à ce qu'il est : un vieux trappeur algonquin cuit par les neiges qui balade des touristes dans les méandres de la rivière de son enfance.

Ambler est au pied d'un moutonnement de collines. Le minéral domine ici, le pays est fait de rochers oxydés, amoncelés sur des milliers de kilomètres. Le regard ne peut jamais s'arrêter, il file de lui-même vers le ciel, c'est ce qui doit donner aux Inuits ce regard délavé fixé sur le plafond cartonné des nuées, dans l'attente d'une chute de neige. La ville est là, accrochée à des saillies, figée en masses glacées lorsqu'elle est exposée aux blizzards. Malgré le vert épais du torrent et la démesure du paysage, ce monde est un enfer.

J'ai survolé hier la baie de Norton, Ungalik s'étend dans la boue d'un delta, une ville de banlieue américaine, des rues droites cernées de bungalows identiques... Tous les kilomètres ou presque, des casses de voitures, des monticules de ferraille que le froid semble avoir soudés à jamais, des 4×4 surtout, des camionnettes Ford, les moins chères. Dès deux heures de l'après-midi, les lumières des enseignes s'allument, garages, supermarchés aux parkings verglacés, des noms indiens, interminables, quelques rares hôtels s'illuminent, la plupart sont fermés. Le tourisme s'installe peu à peu : les pêcheurs des rives de la mer de Behring ont rangé cirés et filets pour vendre gîtes et couverts aux hommes d'affaires new-yorkais ayant lu Jack London dans leur enfance et cherchant à s'enfouir dans la blancheur du sol et des fourrures. Dans un bar du port, une serveuse m'a appris en riant que, si je voulais voir des ours, j'avais plus de chance d'en rencontrer au zoo de Chicago qu'entre la baie de Mackenzie et les montagnes Blanches...

Qu'est-ce que j'espère trouver ici ? Je n'arrête pas de me poser la question. Effectuer un tel voyage en essayant de découvrir les traces d'une histoire qui ne se déroulera que dans un siècle, je dois reconnaître que je fais fort.

La distance entre Ungalik et Ambler est immense, disons à l'échelle du pays. Il est difficile de se rendre compte, vu d'en haut, mais le terrain est accidenté, il y a des cours d'eau, des lacs dont l'un est énorme, le Selawik, une mer, laiteuse et plombée. L'hélicoptère est descendu et l'on pouvait voir la dérive des blocs de glace. Un monde gris, sans sourire. La seule végétation est celle qui se colle contre les roches, des mousses épaisses, teigneuses, trapues, indestructibles. Les forêts se trouvent plus à l'est, il y a des mines très loin, du cuivre, du charbon, du platine, de l'or aussi, le fameux or du Klondike, et l'on voit, la nuit, brûler les torchères des raffineries de pétrole de la pointe Barrow, on est loin de la chasse au renard argenté dans les forêts immaculées et silencieuses.

À Ungalik, j'ai marché le long des docks, les pêcheries s'alignent à perte de vue. J'ai essayé de m'imaginer ce que ce bled serait devenu dans un siècle...

Quelque chose ne va pas, l'impression qui ressort du texte de Clara est celle d'un monde ancien, il est question du « poids des traîneaux » : voici sans doute une bonne trentaine d'années qu'ils ont été remisés au musée des Arts et Traditions populaires d'Anchorage. Les seuls en activité doivent servir à balader les touristes en mal de folklore local.

Deux fois, il est question de chiens : « Les chiens ont fouillé mais je l'ai enterrée profond... », « Adieu à la rivière », mais quelle rivière ? S'agit-il toujours de la Kobik dont il est question dans le deuxième texte ?

J'ai demandé au pilote de me poser sur ses bords.

Le terrain est plat, l'eau serpente, presque immobile. Le silence ici est total. La terre a la couleur de l'anthracite sans en avoir l'éclat. Quelques roches forment des îles nues aux arêtes agressives. Je me suis attardé et le pilote a dû se demander ce que je pouvais chercher, accroupi sur la rive couleur de ténèbres, devant un fleuve gris, sous un ciel blanc, le tout dans un désert sidéral. J'aurais bien aimé le savoir moi-même.

Ted crie quelque chose que je n'entends pas. Le son de sa voix est couvert par le bruit du moteur. Il me montre du doigt la surface de la rivière : elle charrie des troncs, il y a eu une tempête plus haut dans le Nord, la semaine dernière. Ted contourne un amas de feuillage fossilisé et la rumeur enfle.

Il lève la tête : au-dessus de nous, une cascade dégringole, verticale. Son sommet se perd dans la cendre des nuages et elle s'écrase dans une cuvette d'un noir de chaudron.

Nous longeons les berges caillouteuses. Si mon guide prenait plus au centre, nous serions entraînés vers les chutes dont le vacarme monte.

Impression, à chaque inspiration, d'avaler de la vapeur d'eau. Peut-on se noyer en respirant simplement un air saturé d'humidité ?

Difficile de parler avec Ted, son anglais est mâtiné d'un dialecte local, j'ai compris qu'il était le fils d'un chaman. Nous sommes tout de même parvenus à tomber d'accord sur le prix de l'excursion. C'était hier soir, dans le hall de l'hôtel. Il n'a pas arrêté de boire des bières en boîtes givrées, accroché à son tabouret de bar, il m'a raconté un peu le pays, sa vie : il a fait un peu le guide de traîneaux dans les années quatre-vingt-dix à travers les plaines de Porcupine jusqu'aux premières grèves de la mer de Beaufort. Ce n'était pas rentable, et surtout il voulait retrouver son indépendance, alors il a acheté cette barge de fer et un moteur d'occasion dont l'hélice s'affole parfois, mais avec laquelle il trimbale les visiteurs jusqu'à la naissance des premiers rapides. Cela lui suffit pour vivre. Il y a le saumon aussi mais, depuis quelques années, il se fait rare.

Étrange pays à l'histoire éparpillée. Il reste dans les vallées des traces de campement des premières tribus nomades. Rien ne rappelle la présence des Russes qui vendirent en 1867 un million et demi de kilomètres carrés baignés de lumière boréale.

Ted me parle de ses enfants qui ont fui les terres froides et filé vers le sud, au-delà de la frontière, sa fille tient un bazar de souvenirs dans les Rocheuses près d'Edmonton. Il a oublié le nom de ses ancêtres, on lui a dit qu'ils venaient de l'est, du Canada, qu'ils fuyaient les guerres claniques qui ensanglantèrent les neiges éternelles du Yukon.

Que vont devenir ces terres et les rares habitants qui s'y accrochent ? Quel drame se jouera ici ? Qui attend sur l'autre rive ? Qui sera enterré, et que les loups n'atteindront pas ?

Le bras de Ted se tend à nouveau. Je regarde avec plus d'attention et je le vois. Un orignal, noir sur la découpe du ciel. Il s'éloigne, parallèlement à nous, vers des tourbières. Un costaud, ses bois se détachent en ombre chinoise et leur poids l'oblige à baisser la tête.

Ted dessine dans l'air un appareil photo et appuie d'un air interrogateur sur un bouton imaginaire. Je hoche négativement la tête et il n'en revient pas. Un touriste sans caméra, sans rien... cela heurte sa raison. Pourquoi venir dans cette région du globe si ce n'est pour en rapporter l'image des caribous et des loups qui descendent en meute des Waring Mountains ?

Le moteur ralentit. Devant nous, les murs du canyon se resserrent encore, enfermant une sorte de lac presque circulaire. Ted s'en tient éloigné, m'explique qu'il y a des tourbillons et que, s'il est entraîné dedans, son moteur n'est pas assez puissant pour s'en dégager. Nous serions alors entraînés vers les rapides et nous ne nous en sortirions pas.

Il manœuvre et nous abordons sur une plage minuscule que surplombent les colonnes de granit de la falaise. Il y a des traces de pattes d'animaux sur le sable. Des renards, dit Ted. Je l'aide à soulever le moteur pour que les pales ne s'enfoncent pas dans l'argile. Je me rends compte que mon ciré est trempé, couvert d'une pellicule de poussière d'eau.

Cela m'a pris il y a trois jours, à Vancouver. Une histoire d'autorisation de tournage : il fallait trois signatures dont deux de personnes faisant partie des autorités locales. J'ai mis moins de temps que je ne le supposais pour les obtenir. L'idée m'est alors venue de ces quarante-huit heures en Alaska, sur les lieux indiqués par Clara dans ses textes. Absurde mais facile, les avions pullulaient dans ce ciel de bout du monde, je m'étais laissé aller à une certitude : si je voulais comprendre ce que signifiait ce mystère, il fallait au moins que je connaisse les lieux. C'était une question d'atmosphère... Depuis que j'étais ici, je m'étais efforcé de capter quelque chose, une sorte de signal qui, je me l'étais imaginé, viendrait du paysage, des collines blanches et terreuses de pins noirs comme l'enfer, de cette anarchie des blocs dévoilant les à-pics en une immobile furie, de la lèpre des lichens recouvrant toute chose... J'avais cherché cet appel dans les rues mouillées d'Ungalik, d'Ambler, j'avais tenté de refaire le chemin. Sans doute l'auteur de ces étranges lignes serait-il dans cent ans sur une barge semblable à celle de Ted. J'avais cherché à mettre mes pas dans ceux d'un homme qui n'était pas encore né et qui avait cependant envahi le cerveau de ma fille.

Je n'y croyais pas. Personne ne pouvait y croire.

Et pourtant j'avais vu ce que Clara avait écrit. Je l'avais vu de mes yeux, les lignes étaient droites, régulières, c'était impossible, et pourtant c'était vrai.

Avant mon départ, j'avais croisé Morlon et je lui avais dit que j'avais surpris Clara en train d'ajouter un nouveau chapitre à l'histoire. Elle m'avait refilé le dossier Dandworth et je l'avais lu et relu : jamais il n'avait pu guérir son fils mais il était parvenu à dissocier les deux pensées qui encombraient son enfant, le pauvre Arnold pouvant être tour à tour lui-même et Peter, son arrière-grand-père. Ce n'est que durant ces instants que l'enfant pouvait connaître le repos, mais les séances devenaient de plus en plus difficiles, Arnold résistant et les refusant, pour une raison que le père ne comprenait pas. Il en venait à émettre l'hypothèse qu'aucune des deux personnalités d'Arnold ne voulait s'effacer devant l'autre, ne serait-ce qu'un temps très bref.

Je sursaute lorsque Ted me touche le bras avec une boîte de bière qu'il vient de décapsuler à mon intention. La première gorgée explose contre mon palais, feu d'artifice de glace et d'amertume. J'ai l'impression que toutes mes dents tombent d'un coup sous le rasoir du gel.

Pas d'oiseaux. Est-ce le signe que ces terres sont trop inhospitalières, trop dures ? Tout là-haut, au-dessus de nos têtes, aucun ne survole les arêtes où les neiges de septembre laissent des coulées de plâtre.

J'interroge Ted sur le voyage que racontent les textes de Clara sans lui en donner la date, il hoche la tête, oui, c'est possible, tout est possible dans ce pays, par les rivières on faisait du portage en suivant le niveau des eaux, il est pessimiste sur l'avenir du pays, il n'y aura bientôt plus de place pour les hommes comme lui : sans cesse des groupes d'experts payés par les compagnies pétrolières sillonnent les routes et les pistes, et sans cesse ils découvrent de nouvelles réserves d'or noir... Dans quelques années, l'Alaska sera un gigantesque réservoir, une raffinerie à l'échelle de ce continent. Il m'explique que tout mourra alors, le fourneau de sa pipe grésille dans l'air froid. Viendra le temps du dernier saumon, du dernier caribou, du dernier loup, du dernier bœuf musqué. Je ne lui annonce pas qu'il fait erreur, que, je le sais, dans un siècle l'aventure du Grand Nord subsistera. Il regarde sa montre, il est temps de rentrer. Un hélicoptère pour Galéria, et là je prendrai l'avion jusqu'à Fairbanks, puis New York.

Il serait ridicule que je sois déçu par le voyage, il faudrait que mes espoirs aient été trompés : en fait, je n'en avais aucun. Les lieux que j'ai vus changeront, et même s'ils restaient semblables, cela ne modifierait rien : ils ne m'ont rien appris, j'ai simplement à présent dans ma mémoire, les images d'un monde démesuré, piégé par les siècles et la glace des hivers. Quelle histoire aura lieu ici ? Qui parlera en ce mois de février 2102 ? Qui viendra se perdre ? Un homme, une femme dans les quarante ans, ont dit les graphologues, un Français, une Française, puisque c'est dans cette langue qu'il ou elle tient son journal... Que sera-t-il venu faire en terre américaine ? Quel secret sera-t-il venu fuir au milieu des chiens de traîneaux et dans ce désert ?

Je fais quelques pas sur le rivage, escaladant des troncs de bouleaux abattus. D'ici, la rivière a pris la couleur des turquoises indiennes. Malgré la pâleur maladive d'un ciel de fer blanc, elle coule, royale, un long manteau de velours profond, entre les murailles.

Je suis revenu vers Ted, accroupi sur les talons. Il frappe le foyer de sa pipe contre un galet. Le ciel s'offre une ouverture vers l'ouest... On devine le moutonnement des montagnes jusqu'à l'horizon, l'une d'elles, dans l'échancrure étroite de la gorge, paraît plus haute que les autres, plus aiguë aussi, comme si le temps n'y avait pas pratiqué d'érosion, une sorte d'oubli négligent qui lui permet de dresser aujourd'hui une face insolente dans la mer violacée des nuages.

Ted a suivi mon regard. Il se lève, enfonce davantage sur sa tête sa casquette à oreillettes et désigne le sommet qui vient d'apparaître dans une lumière qui, déjà, faiblit.

– Clara Mountain, dit-il.

La montagne de Clara.

Pluie sur Kennedy Airport. Les rafales constellent en permanence les baies vitrées de gouttes serrées sur lesquelles l'éclairage du tarmac se dilue. Paysage magique vu à travers des verres cathédrale. Je serai à Paris dans six heures. Deux jours perdus, deux jours pour rien. Qui sait ? Peut-être quelque chose va-t-il subsister de ce voyage et, un jour, demain, dans six mois, surgira et m'éclairera... Difficile à croire.

Pourquoi ce pic porte-t-il ce nom qui est le prénom de ma fille ?

Ted l'ignorait. Je ne pouvais guère espérer que le vieil homme fût calé dans la dénomination des montagnes de son pays. Cela a-t-il même une importance ? Sans doute aucune, le hasard est la rencontre de deux séries séparément explicables mais qui, fusionnant, produisent chez un individu un effet de surprise, voilà tout. Ma fille se prénomme Clara parce que nous l'avons voulu ainsi, sa mère et moi, nous étions tombés d'accord sur ce prénom quinze jours avant sa naissance. À l'autre bout de la terre, un sommet perdu dans l'Extrême Nord américain portait le même nom pour des raisons que j'ignorais, mais qui avaient nécessairement leur raison d'être, voir entre ces deux faits un rapport quelconque était une stupidité, c'était aussi idiot que penser, par exemple, que je pouvais avoir quelque chose en commun avec 007.

Pourquoi m'étais-je laissé aller à la tentation de pénétrer dans ce pays ? Aucun sens. Je n'y avais rien trouvé, je savais que je n'y trouverais rien, et pourtant je n'avais pas résisté, peut-être quelque chose en moi avait-il décidé de tout tenter, même le déraisonnable, pour aider Clara.

Et si la thèse de Dandworth était la bonne ? Si je pouvais libérer son cerveau d'une pensée qui n'était pas la sienne ? Que peut-elle ressentir ? Se rend-elle compte qu'un autre est en elle la violant à chaque seconde ? Si je pouvais... mais que puis-je ?

L'embarquement, enfin. Le décollage a lieu sous des trombes d'eau. J'ai eu par Morlon des nouvelles de la petite cette après-midi, la ligne était brouillée mais pas suffisamment pour m'empêcher d'apprendre que tout allait bien. Apparemment, rien de nouveau n'a été écrit.

Dès mon arrivée, je me renseignerai sur les thèses de la réincarnation. Les élucubrations ne doivent pas manquer dans ce domaine, mais, dans ce fatras où religions, sectes, magies et autres billevesées doivent pulluler, je découvrirai peut-être un radeau de raison auquel m'accrocher. Je n'y connais rien, le mot m'évoque des foules plongées dans le Gange, des tombes de pharaons, des lamasseries au fin fond du Tibet, une ribambelle de simagrées contradictoires, pittoresques et foldingues, que vient faire Clara dans cet incroyable merdier ?

Huit mille mètres d'altitude. Vitesse de croisière sept cents kilomètres-heure, c'est ce que vient d'annoncer le commandant de bord. Une voix de crooner. Je voudrais dormir, cela me serait d'autant plus agréable que, depuis mon détour par l'Alaska, je peux compter mes heures de sommeil sur les doigts d'une main. J'aurais dû acheter un somnifère, un truc pour m'assommer. Je me serais réveillé à Roissy, pâteux mais reposé, alors que je n'arrive pas à fermer l'œil, le cœur douloureux remuant dans ma tête des inepties de réincarnation rétroactive.

Si je me mets à la place de Dieu, ce qui, étant donné l'actuelle hauteur que j'occupe, est une tâche relativement facile, pas de doute que, pour lui, le temps n'existe pas, le passé et l'avenir sont, de son point de vue, aussi présents que le présent. Seul l'homme pose ces barrières, le passé à jamais passé, le réel actuel et un futur au visage inconnu. Se rappellent à moi des souvenirs de lycée :

classe de philo, lycée Charlemagne, monsieur... comment s'appelait-il déjà ? Un vieux prof, sympa, incompréhensible, je pataugeais, le nez dans un manuel : le temps comme « catégorie a priori de la sensibilité », qui avait dit cela ? Nietzsche ? Kant plutôt, oui, Kant, cette histoire de temps m'est restée. Pour Dieu, le temps s'étalait, immobile, présent du premier au dernier jour du monde, pas de préséance, pas d'intériorité : ce qui serait existant autant que ce qui avait été. Je pouvais en déduire qu'un être vivant dans l'avenir était aussi réel que s'il vivait aujourd'hui. Le seul problème, c'est que je ne peux pas le connaître, n'étant pas Dieu mais un crétin collé à son siège de Boeing 747, mort de fatigue, de race blanche, chaussant du 42 et affublé d'un nom d'espion de Sa Très Gracieuse Majesté... Dieu était un être de synchronie, l'homme appréhendait sa vie sous forme de chronologie, l'enfance, l'âge mûr, la vieillesse. Tout cela était illusion, le temps ne coulait pas, il n'était pas un fleuve, il était un lac, une mer morte, rien ne se déroulait, tout était là depuis toujours et le resterait...

J'ai baissé le son de mes écouteurs, le jazz me poursuit depuis quelque temps, une trompette tristoune, étrangère aux drums qui ne jouent pas pour elle, un air abandonné au soliste que nul n'aidera, même le piano fuit, quelques notes égrenées qui disparaissent ailleurs : une musique de nuit, des néons reflétés sur l'asphalte, des hommes qui endorment leur chagrin à l'alcool dans la silencieuse pudeur d'un bar.

– Atterrissage dans quelques minutes.

J'ai dormi finalement, trois heures, presque quatre.

Gérard m'attend. Il adore venir me chercher, il m'a avoué, il y a quelques années, qu'il avait toujours l'impression, dans les aéroports, d'aller attendre une femme aimée, belle, voyageuse, riche : elle arrivait pour lui de l'autre bout du monde et elle ne repartirait plus, elle s'installerait chez lui, il lui ferait connaître de vieux bistrots comme dans les films de Minnelli. Les gens dans les rues auraient des bérets sur l'oreille, des baguettes de pain sous le bras et danseraient avec rythme en descendant les marches de la butte Montmartre. Il ajoutait en général qu'il éprouvait toujours une grande déception en me voyant...

L'aube se levait, elle ne l'était pas encore entièrement lorsqu'il m'a déposé en bas de chez moi. Il a refusé de monter. La boulangerie ouvrait et j'ai acheté des croissants pour Clara et Mme Cornier.

J'ai tourné la clef dans la serrure. Tout dormait encore. L'odeur de pin dominait dans l'appartement, c'est le flacon vaporisateur préféré de la femme de ménage : impression de pénétrer au cœur de la forêt vosgienne au moment où les scieurs de long débitent les troncs.

Chiffre digital sur le répondeur : quatre messages m'attendent.

Comment ai-je su ?

Parce que je peux jurer que je le savais. C'est à croire que l'atmosphère qui baignait autour de moi depuis quelque temps m'avait envahi jusqu'à me conférer des talents divinatoires. Plus qu'une prémonition. Enfin, une prémonition, mais avec un tel degré de certitude que c'était autre chose. Je me souviens de m'être dit que si je continuais ainsi, j'allais donner dans la voyance.

J'ai appuyé sur le signal d'écoute.

« Il faut que je te voie. Dès que possible. Appelle-moi. »

J'ai arrêté l'appareil. Les autres messages seraient pour plus tard. Je me suis assis.

Le jour était levé, à présent.

C'était Lorna.

Il y a plus de vingt ans

J'ai trois costumes.

Comme Cadet Rousselle. Bien que pour lui, si mes souvenirs sont bons, il ne s'agisse pas de vêtements mais de maisons ou de cheveux, je ne me rappelle plus très bien.

À six heures, je les ai étalés sur le lit, essayés à tour de rôle avec tout l'assortiment des cravates. Cela fait partie de la panoplie, je les utilise en fonction des dîners d'affaires, des rencontres, et puis j'ai mes vagues de coquetterie, cela dure entre quatre jours et deux mois, je me sape chic. Ça ne révèle pas toujours une période moralement faste, je peux même prétendre le contraire, comme si le corps apprêté cherchait à masquer un moral terne. Chacun ses trucs pour cacher ses blessures.

Jusqu'à dix-neuf heures, j'avais décidé de prendre le gris, la chemise américaine au col boutonné et une cravate en tricot. Un peu vieux style mais je n'ai plus vingt ans. Finalement, j'ai tout envoyé balader et replongé dans mon costume velours. Les coudes luisent, les genoux pochent, il est devenu informe avec les années, mais j'y suis bien. J'y trouve d'ailleurs toujours de la monnaie dans les poches, c'est un vêtement magique. Six ans que je me le coltine. Des pièces traînent encore dans les doublures. Un vieux compagnon.

Sur le message que j'ai laissé à Lorna, j'ai proposé la « Reine bleue ».

On y mange mal mais les portions sont congrues, ce qui est un moindre mal. C'est hors de prix mais les espaces entre les tables sont immenses, avantage décisif qui l'a emporté. Étrange restaurant où le vide est interrompu épisodiquement par quelques convives disséminés dans un volume azuré égayé de cristaux violines. Je suppose que c'est ainsi que le designer doit imaginer le paradis.

Il est vingt heures trois.

Ridicule d'arriver à l'avance, ce qui fait empressé, ridicule d'être en retard, ce qui révèle la crainte de paraître empressé. Des années de rendez-vous m'ont appris que, tout bien pesé, être à l'heure est l'idéal. On peut évidemment économiser pas mal de réflexion pour parvenir au même résultat.

– Aphroaig, s'il vous plaît.

Le serveur s'incline. Si je lui avais commandé un whisky, il m'aurait immédiatement rangé dans la catégorie des ploucs. J'ai choisi cette marque non parce que je l'apprécie particulièrement, mais parce qu'elle me donne l'air connaisseur.

Tam-tam dans les artères.

Je suis un con. Cette garce m'a largué il y a trois ans et, sur un claquement de doigts, je fonce pour la revoir. Je l'attends et je m'en pète les coronaires. Je vais avoir du mal à prendre l'allure de celui qui s'en fout.

La voilà.

Presque trois ans.

Elle a minci. Un peu. Ses pommettes sont plus creuses. En conséquence, elle a encore plus la ligne qu'autrefois. Au temps de nos amours splendides, il nous arrivait de quitter ce genre d'endroits à toute allure et de foncer dans la chambre la plus proche. Je mets mon début d'érection sur le compte d'un hommage à ce passé lointain et triomphant plus qu'à un désir actuel. Pas sûr que ce soit la vérité, mais ça m'arrange.

Un peu de crainte tout de même dans son regard qui cherche le mien, je ne me souvenais pas que ses prunelles pouvaient être aussi troublées malgré le sourire.

Je lui tends la main qu'elle prend. Pas la peine que l'on s'embrasse. D'autant que tout le monde s'embrasse aujourd'hui, cela ne signifie plus rien. Je me secoue.

– Je ne vais pas te dire que tu n'as pas changé, je suppose que tu es au courant, mais enfin, si tu veux une confirmation : tu n'as pas changé.

Son sourire s'accentue. Soulagement : je suis venu sans bazooka, sans colère apparente.

– Toi non plus. Surtout pas la veste.

Je lui raconte comment j'ai eu envie de me faire superbe, mais que, de cette envie, a découlé un insupportable sentiment de l'inanité des rapports humains, lequel m'a fait réintégrer mon vieux et dur compagnon à grosses côtes.

Elle commande une coupe. Nous levons nos verres ensemble.

Je me carre dans mon siège. Autant attaquer d'entrée.

– Comment se porte El Cordobès ?

J'ai tenté de mettre dans ma voix le plus grand taux d'amabilité dont je suis capable. Je n'ai d'ailleurs pas à me forcer vraiment. Voici, à quelques exceptions près, un assez grand nombre de nuits que la silhouette du faux matador ne m'apparaît plus.

– J'espère qu'il va bien.

– Ce qui veut dire ?

– Nous sommes séparés.

Elle me l'annonce avec cette facilité qui l'a toujours caractérisée. Elle est capable d'enchaîner en ajoutant qu'elle a quitté l'arène pour le ring et qu'elle vient de se maquer avec un directeur de ressources humaines d'une société internationale d'ingénierie, ancien champion mi-lourd de la région Rhône-Alpes.

– Désolé, dis-je.

– Pas moi, dit-elle, pas lui non plus, donc surtout pas toi.

Premier engagement – comment dit-on ? – à fleurets mouchetés.

– On commande, dis-je, ne consulte pas trop la carte, sans exception notable tout, ici, est dégueulasse.

Elle n'ouvre pas le menu et se penche vers moi. Ses yeux accrochent la lumière des bougies.

– Clara, dit-elle.

Je sais rester impassible quand je le veux, trop de gens ont discuté avec moi de modifications de contrats et de réajustements de pourcentage. J'ai joué au poker aussi. Et j'ai gagné.

– Quoi, Clara ?

Le duel, à présent. Il va avoir lieu et je le regrette, tu n'y échapperas pas, ma belle, tu es partie, nulle femme n'est partie autant que toi.

La flamme des bougies s'incurve doucement, elle va se noyer dans l'eau des larmes qui montent : Lorna se recule.

– Tu peux te taire, je le mérite, je t'ai lâché dans la tempête, je t'ai laissé seul, mais je savais que cela ne finirait jamais, qu'il n'y aurait pas de repos et...

– Il y en a parfois comme aujourd'hui. Elle va bien. Elle a grandi.

C'est ce qu'elle voulait entendre, il valait mieux tout lâcher, tout donner d'un coup, c'est trop moche de laisser traîner l'information.

Les larmes ont franchi le barrage, elles suivent l'arc des pommettes, elle les laisse couler, visage levé, offert. Sa main droite a brisé la croûte de ces pains ronds que les serveurs font glisser du bout des couverts sur une soucoupe, avec des précautions de démineurs. Ses doigts triturent la mie. Elle l'a toujours fait, je me souviens du pourtour de son assiette semé de poules, de canards, de chats minuscules.

Je lui tends un Kleenex, elle n'en avait jamais autrefois. Elle le prend. Décidément, rien n'a changé. Elle renifle avec force.

– Je peux en savoir un peu plus ?

Pourquoi ne pas m'avouer que je suis heureux depuis qu'elle est là, depuis que je sais qu'elle a largué son crétin de toréador à la manque ? Stop, ne fonce pas, bonhomme, ne fonce pas.

– Je n'ai pas grand-chose à te dire. Tu te souviens de ce que Morlon disait : il n'y a pas de progrès pour l'instant, j'ajouterai qu'elle est moins autodestructive, les cycles convulsifs sont moins longs, il y a plus d'apaisement, je pense parfois qu'elle me reconnaît. Elle dort, mange, joue, rêvasse, elle ne sourit pas, ne parle pas, ne pleure pas. Voilà, c'est à peu près tout.

Ses doigts ont abandonné leur travail de malaxage, ils tremblent sur la nappe. Lorna si sûre de toi autrefois, que t'est-il arrivé ?

– Et toi ?

Je suis en train de me dire, au moment où elle me pose cette question, que, pour un type comme moi, avoir la meilleure part c'est, de loin, la plus mauvaise, parce qu'il est trop facile d'user de ses avantages. Elle est partie, j'accepte avec magnanimité de la revoir, je suis un mec large d'idées, sans rancune, j'élève notre fille seul, je suis héroïque cent pour cent, victime sans plainte j'accède à son désir de nous revoir, je vais payer l'addition en fin de repas : je suis supergentleman, un modèle vivant de grandeur humaine ! Ma statue s'élèvera bientôt au coin du boulevard.

– Moi ? Toujours le cinéma, Malorin veut me céder la place, je résiste encore pour ne pas avoir l'air de la lui prendre, mais bientôt...

– Tu n'as rencontré personne ?

– Gérard a tenté de me fourguer quelques-unes de ses copines dévoreuses, mais j'ai résisté.

– Pourquoi ?

Ne m'imagine pas en train de te dire que tu me trottais encore un peu trop dans les hémisphères pour pouvoir...

– Je ne sais pas trop, il m'a semblé n'y avoir pas trop d'envie ni de leur part ni de la mienne...

– Je t'ai revu, dit-elle, Clara aussi. Quatre fois.

– Devant chez Morlon ?

– Oui.

Classique. Classique et banal. La mère dénaturée se planque dans sa bagnole et regarde avec des hoquets de désespoir son enfant dans les bras de son ex-mari disparaître en direction du foyer déserté. On avait tourné une scène de ce genre dans un film que j'ai produit, il y a une quinzaine d'années. Des capitaux anglais en majorité, *Déloyale*. Un gros succès en vente de cassettes dans le Sud-Est asiatique, nous n'avons jamais compris pourquoi. Un navet.

– Ce n'était pas la peine de te cacher, dis-je, je ne t'aurais pas poignardée en pleine rue.

Une esquisse de sourire.

Les poireaux arrivent. Le plus simple, dans ce genre d'endroit, c'est de commander quelque chose que l'on connaît déjà. Tout le monde a déjà vu des poireaux, ceux-là ont pourtant une particularité : personne ne peut les identifier comme tels.

– Pourquoi remplacer la vinaigrette par une sauce caramel, dis-je, il y a là une offense à la tradition qui...

– Je voudrais la voir. Voilà, je t'ai appelé pour ça, je voulais vous revoir tous les deux. C'est tout.

Elle a toujours eu le goût des situations et des remarques abruptes. En tout cas, c'est gentil de sa part de m'avoir inclus dans son désir.

– Quand tu veux, dis-je, je ne fais pas partie du gang des types qui arrachent leur enfant à leur mère.

Jolie robe. Calme, sombre, tout de même, il y a l'échancrure sur le genou. Ne crois pas que je ne m'en sois pas aperçu.

– Merci.

– Pas de quoi. Tu viens quand tu veux, notre vie mondaine est assez réduite.

La salle s'est emplie. De quoi avons-nous l'air ? Un couple pas très heureux, tentant d'oublier les vicissitudes de la vie à deux devant des tentatives imbéciles pour accommoder les légumes...

– Parle-moi de toi. Que s'est-il passé avec Manolete ?

J'ai pris le ton un peu peiné du type qui participe, autant que faire se peut, à un drame de l'amour. En fait, si j'obéissais à mes impulsions, je lui serrerais la gorge pour lui faire cracher la seule vérité qui, ce soir, m'importe : est-ce qu'il la baisait mieux que moi ?

Arrivée des tournedos. Est-il utile de les recouvrir de crème d'anchois et de confiture de mandarine ?

– Rien de spécial, disons que j'ai été contente qu'il soit là à une époque où j'avais plus envie d'être sous terre que dessus.

– Grâces lui soient rendues ! Tu as voyagé ?

– Peu.

Elle me ménage, j'en suis sûr. En fait, il a dû l'embarquer dans des croisières folles, l'installer dans des hôtels bourrés d'étoiles, avec suite princière donnant sur des lacs, jacuzzi géant, chasse au tigre sur éléphants chamarrés, palais de maharadjahs, baise dans les savanes, dans la soie de palais vénitiens, marbre et Rialto, colliers et diadèmes, Rolls blanche avec chauffeur noir, ou l'inverse... Quelle vie t'a-t-il fait mener, ce salopard ?

– Un peu quand même ?

– Je suis partie aux Philippines, seule, il était très pris.

– C'est le propre des grands hommes. Moi-même, j'ai eu peu de temps de libre, à une certaine époque.

Un quart de sourire. C'est déjà ça.

– Je ne veux pas minimiser ma faute, enfin, disons mon départ, mais je ne supportais plus l'idée que, si elle était ainsi, c'était de ma responsabilité.

La thèse des années soixante-dix, elle perdurait encore : quelque chose de glacé s'était produit entre la mère et l'enfant, quelque chose d'irrémédiable, de l'ordre du rejet, de la haine, du métallique, et il y avait eu une brisure, une rupture monstrueuse. Étrange, épouvantablement irrationnel, si on y réfléchissait. Quelle mère pouvait supporter cette explication sans devenir folle à son tour ?

Je revoyais Lorna avec sa fille dans ses bras,

quelques jours après l'accouchement, elle irradiait le bonheur, l'amour, on l'avait voulue, cette gosse, bon dieu de merde, elle n'avait pas arrêté de me répéter, pendant neuf mois, qu'elle était folle de joie. Elle avait eu sa part de sourires au-dessus du berceau, la môme Clara, et des guili-guili, et des chansons... Ce n'était pas possible qu'il y eût, ne serait-ce qu'une fraction de seconde, dans la vie de cette enfant, où elle ne se fût pas sentie aimée. Aurait-il suffi d'un regard, d'une absence, d'une carence infime, passagère, pour qu'impitoyablement, elle se fermât à sa mère, à nous, au monde, construisant autour d'elle sa propre cuirasse, secrétant, chaque seconde de sa vie, la carapace qui l'isolerait à jamais...

Un soir, nous en avions parlé, violemment d'ailleurs. J'avais posé la question : un bébé peut être exaspérant, n'avait-elle pas, un jour, repoussé l'enfant, claqué une porte pour fuir, ne serait-ce qu'une minute, des braillements qui ne cessaient plus ? Elle avait hurlé que non, qu'elle était maîtresse de ses nerfs, qu'elle n'était pas une tortionnaire. Je savais que, parmi les raisons de son départ, il y avait, enfoui en elle, le sentiment de l'impardonnable faute. Peut-être y avait-il eu, malgré les apparences, malgré la certitude qui était la sienne, une grande, une vertigineuse absence d'amour, la vie avec Clara n'étant dès lors qu'une confrontation permanente avec ce manque.

– Et toi, tu as voyagé ?

Oui, faisons les mondains, comme si de rien n'était. Bientôt tu vas me demander quel est le dernier cocktail auquel j'ai participé.

– L'Alaska, il y a quatre jours.

C'est de cette réponse que tout est parti, enfin, je ne sais pas. J'avais décidé de ne pas lui parler des textes que notre fille écrivait, en même temps je pensais que j'aurais du mal à tenir ma promesse, que le récit de cette invraisemblable aventure me soulagerait. À une époque, je n'avais aucun secret pour elle, c'est peut-être en référence à cette période de notre vie que l'envie de parler me démangeait : j'allais bientôt ressembler à un gosse pressé de raconter une histoire qui le bouleverse.

– Pourquoi l'Alaska ?

Que lui dire ? Une chasse au grizzly ? Un trafic de zibeline ? Elle me connaît assez pour savoir que le tourisme à vide n'est pas mon fort, et que je ne vais pas courir à l'autre bout du monde pour admirer la transparence des glaciers de la Cordillère.

– C'est toute une histoire.

Silence. Regards.

Je n'ai jamais pu faire abstraction du sexe avec elle. On ne mange pas de la même façon un tournedos à la mandarine avec une inconnue et avec une femme avec laquelle vous avez partagé des traversins en folie pendant des années.

– Je ne veux pas être indiscrète.

J'aligne fourchette et couteau parallèlement sur la nappe.

– C'est une drôle d'histoire, dis-je, je peux te la raconter mais il y a de grandes chances pour que tu appelles le SAMU avant la fin.

– Dis toujours.

Elle n'a jamais été mon ennemie. Lorsqu'elle est partie, je l'ai comprise, je l'ai haïe, je l'ai plainte, je voulais la tuer, mais mon ennemie, jamais.

– Dessert, d'abord ?

– S'ils sucrent les tournedos, j'ai peur qu'ils ne salent les mille-feuilles...

J'ai commandé deux cafés et posé mes coudes sur la nappe, dans l'attitude moderne du conteur.

J'ouvre la bouche pour commencer et elle se lève synchroniquement.

– Emmène-moi et faisons l'amour.

En général, la stupéfaction fait chuter la mâchoire inférieure mais, ayant déjà la bouche ouverte, c'est l'inverse qui se produit. Panique instantanée.

– Bon dieu, tu pars presque trois ans avec Escamillo, tu te repointes, et le même soir...

Elle lève les mains, paumes vers moi.

– D'accord, dit-elle, je vais trop vite, simplement j'en crève d'envie, alors j'ai tenté ma chance.

Elle a raison, la plaie avec elle, c'est qu'elle a toujours raison. Moi aussi j'ai envie, plus que ça même, mais il est difficile de ne pas choisir de se réfugier sous les remparts de l'attente. L'hypocrisie a du bon, elle permet de prendre du champ, et ce qui me paralyse en cet instant, c'est l'idée que je ne vais plus savoir, que lorsque je serai au pieu avec elle, ce ne sera plus la même fête qu'avant, que nous ne retrouverons pas les étoiles d'autrefois. Cela fait si longtemps que je me suis éteint, alors qu'elle, avec son picador d'enfer, ce devait être une sarabande, corrida et grimpées de rideaux à tous les étages...

– En fait, j'ai la trouille, dis-je.

Sa main trouve la mienne.

– Je suis sûre que tu es plus courageux que tu ne crois.

Je l'aime. Allons, on ne va pas se cacher derrière des boîtes d'allumettes, elle est mon évidence, ma tentation, ma turpitude, ma tendresse, ma douleur, le ravage et le lac dans le soir qui tombe, la rose et le sanglot.

Je me lève à mon tour. La table nous sépare.

– OK, dis-je, on y va, mais uniquement par politesse.

Je connais ce sourire, c'est celui du triomphe.

Sonnerie du portable.

Je n'ai jamais eu autant envie de le foutre en l'air.

– J'écoute.

Suzanne Cornier.

Lorna ne me quitte pas des yeux. Nous nous sommes rassis synchroniquement.

– J'arrive, dis-je. Je suis là dans dix minutes.

C'est sans doute la lumière des bougies mais elle est soudain plus pâle.

– Clara a eu une crise. Elle dormait et elle s'est réveillée. Ne t'inquiète pas.

Lorna hoche la tête.

– Elle a deviné que je suis là.

J'en reste sans voix. Qu'est-ce qui se passe ? Elle ne va pas, elle aussi, tomber dans la superstition.

– Ne déconne pas. Cela lui arrive, certaines nuits, rarement d'ailleurs, elle va se calmer. Je suis certain que tout sera terminé dès mon retour. Ça n'a rien à voir avec le fait que nous soyons ensemble.

Elle s'est reprise. Elle ramasse son sac au pied de sa chaise et murmure :

– Je ne sais pas pourquoi j'ai dit cela...

– Viens avec moi, dis-jc, elle va se rendormir et tu pourras la voir.

Ses phalanges ont blanchi sur le fermoir du sac.

– C'est tellement...

– Viens.

Ma main s'est refermée sur son bras. Je l'entraîne vers la voiture, il fait froid dehors. Le voiturier me tend les clefs. Pourboire. Démarrage. Elle est près de moi, tendue. J'ai l'envie adolescente de lui rouler une biscotte somptueuse. Trois ans que je ne connais plus le goût de sa bouche.

Les néons estompés s'inversent sur la chaussée, c'est ce que l'on doit appeler un brouillard givrant. J'avais dit dix minutes et ce fut moins. Les rues étaient désertes, ce soir-là. Je n'en ai pas compris la raison, comme si tous les habitants avaient décidé de rester chez eux, laissant l'asphalte à cette pluie glacée qui tombait par nappes régulières.

Alors j'ai commencé à raconter.

Je ne pouvais pas voir son visage.

Les roues sur le sol produisaient ce chuintement mouillé qui a toujours représenté pour moi la musique annonçant l'hiver proche. Le froid, la neige grise fondant dans les caniveaux, les vitres embuées.

La porte du garage s'est soulevée dans le halo des phares, nous étions arrivés et j'avais achevé mon bref récit. Je me suis tourné vers elle.

Lorna ne bougeait toujours pas. Je me suis demandé si elle m'avait entendu, si mes paroles avaient vraiment eu un sens pour elle.

Elle s'est tue encore dans l'ascenseur. Elle n'avait pas changé de parfum.

Arrivés dans l'appartement, j'ai trouvé Suzanne Cornier qui m'attendait, debout dans le salon, prête à partir. Elle a vu Lorna. Son impassibilité a été telle que je me suis demandé si elle l'avait reconnue.

– Elle s'est calmée. Elle va dormir. Je vous ai dérangé pour rien.

– Ne dites pas cela.

Nos conventions étaient bien établies : au-dessus d'un certain seuil d'excitation, elle devait me prévenir, quels que fussent l'heure et le lieu où je me trouvais.

– J'ai cru que je ne réussirais pas à la recoucher. Je lui ai donné une deuxième dose.

Morlon l'avait prescrite en cas de crise ou d'insomnie. Ce n'était pas arrivé depuis deux mois mais il ne fallait pas pour autant en déduire l'idée d'une régression ou d'une aggravation de la maladie. Les choses se déroulaient, elles ne s'arrangeaient pas ; à l'inverse, elles ne se détérioraient pas non plus. Il n'existait que des événements qui se succédaient. Le plus souvent, ils n'interféraient pas.

Cornier est partie sans que Lorna et elle échangent un seul mot.

Clara avait tourné son visage contre le mur. Son poing droit était serré contre sa joue. Un petit bloc minéral. Dans ces moments-là, les doigts semblaient soudés l'un à l'autre, comme décidés à ne jamais devoir se séparer.

Je me suis approché du lit et ai desserré les sangles. J'ai remonté la couverture sur ses épaules découvertes. Elle portait un petit pyjama en vichy rose et blanc qui commençait à être trop court. Il fallait que je lui en achète un autre très vite.

Je me suis retourné. Lorna était appuyée au chambranle. Elle pleurait sans bruit alors que ses épaules étaient secouées par les sanglots.

Je suis sorti de la chambre et me suis assis sur le canapé du salon. Il y avait un paquet de Stuyvesant qui traînait dans une vieille boîte rapportée d'un voyage peu récent en Inde. J'ai allumé une cigarette dont le tabac s'était desséché et j'ai eu l'impression, un moment, de fumer de la paille morte, un vieux fourrage que la flamme carbonisait.

Lorna est entrée, calmée. Elle était restée près d'un quart d'heure dans la chambre de Clara. Nous nous sommes tenus longtemps sans parler, chacun assis à un bout du canapé, laissant la nuit envahir nos âmes. Nous ne pourrons jamais faire comme si rien ne s'était passé, elle m'avait trompé, ce qui avait eu lieu ne s'effacerait pas, même si je tentais de lui pardonner : elle ne serait plus jamais vraiment Lorna. Si elle revenait, si la vie tentait de reprendre cahin-caha, comme autrefois, qui me disait qu'un jour, à nouveau, elle ne quitterait pas la maison, avec un homme, ou sans, cela n'importait pas, au fond. Simplement, ce qui avait eu lieu pouvait se reproduire et cette idée gâchait tout.

– Tu as recommencé à fumer ?

– C'est rare. Parfois.

Silence à nouveau. Je sens mon corps vide, je n'éprouve plus rien pour elle, désossé, sans ressort, sans envie, sans vie...

– Tu ne m'as pas dit ce qu'elle écrivait...

C'était vrai, j'avais résumé, j'avais simplement insisté sur le fait que les phrases étaient cohérentes, pas une faute, rien.

Je suis allé chercher le cahier dans le sac de Clara. Je l'ai ouvert à la page où elle avait écrit pour la première fois, et je l'ai déposé sur les genoux de Lorna.

Elle a sorti une paire de lunettes de son étui, ce geste m'a attendri, il m'a rappelé qu'elle avait quarante-trois ans.

J'ai ouvert la vieille commode provençale qui me servait de bar et j'ai versé deux whiskys serré. Après tout, on en avait besoin.

Je me suis retourné, un verre dans chaque main.

La lampe éclairait le visage de Lorna.

Jamais je ne lui avais vu cet air-là, c'était difficile à décrire, il y avait à la fois de la stupéfaction et une sorte de terreur.

Je comprenais qu'elle fût surprise mais c'était pire : quelque chose se produisait que je ne pouvais saisir.

– Qu'y a-t-il ?

Elle referma le cahier et, en cet instant précis, je compris que, jusqu'à la fin de mes jours, je me souviendrais de ce qu'elle allait dire.

– Réponds-moi, qu'est-ce qui se passe ?

Elle parvint alors à desserrer les dents.

– J'ai déjà lu ça, dit-elle, j'ai lu ces lignes, les mêmes, mot pour mot, il y a plus de vingt ans.

Clara se tenait sur le seuil

Nous n'avons pas dormi, cette nuit-là.

Je ne tire jamais les rideaux et j'ai eu, au fil des heures, l'impression que l'hiver s'installait. C'était dû à la lueur laiteuse du ciel et de cette brume qui planait. Quelque chose se tramait dans les murs de la ville qui se recroquevillaient sous la charge du froid, le combat commençait.

Nous nous devinions à peine dans la pénombre. Un unique abat-jour était éclairé.

Avant qu'elle raconte, j'ai pensé à Morlon et à Zafran, et j'ai eu l'idée d'enregistrer ce qu'elle allait dire. Ce serait plus simple, plus réel aussi, je ne pourrais pas être accusé d'avoir inventé une histoire, lorsque je me souviens de ces heures, je revois, sur la table, la faible lumière rouge qui émanait du cadran du magnétoscope.

Nous avions commencé à boire et l'enregistrement est parfois interrompu par le tintement d'un glaçon ou le choc lorsque l'un de nous deux reposait son verre sur la table qui nous séparait.

Lorna avait quitté ses chaussures et replié ses jambes sous elle.

Combien de nuits un homme a-t-il à vivre ? Vingt mille ? Trente mille ? De combien parvient-il à se souvenir ? De si peu... Toutes forment un magma d'oubli, emportant dans ses méandres les heures de notre vie perdue. Pour moi, aucune ne subsiste, sauf celle-ci. Il y avait tant de raisons pour qu'elle se fixe dans ma mémoire : cela ne faisait que quelques heures que Lorna était revenue, et chaque mot donnait l'impression que nous nous enfoncions dans un monde inconnu qui nous briserait si nous n'y prenions pas garde... Une menace rôdait, je l'ai sentie dès qu'elle a commencé son récit, elle avait pris, d'emblée, le ton que l'on adopte lorsqu'on sait devoir parler longtemps.

– Je n'aimais pas mon père qui ne m'aimait pas et qui ne s'aimait pas non plus, cela nous permettait d'entretenir des relations équilibrées d'indifférence teintée, dans les moments les plus tendus, d'un mépris réciproque. Il devait me reprocher d'être une fille, moi je le soupçonnais de n'être pas un homme et...

– Qu'est-ce que tu entends par là ?

– Cela venait de loin. Il ne correspondait pas aux critères de la virilité qui étaient les miens, peut-être était-ce son physique : il y avait en lui une... c'est difficile à dire... un aspect féminin, un manque de force, de détermination, peut-être aurais-je voulu que, parfois, il me gronde...

Elle remontait de loin. C'était son habitude, mais je savais qu'elle allait retomber sur ses pieds, et c'est venu plus vite que je ne le pensais.

– Je n'ai pas de souvenir fort avec lui, il signait sans rien dire mon livret scolaire, souvent lamentable. Les profs me jugeaient dissipée, et je l'étais, j'avais le sentiment qu'il s'en foutait, je pouvais être la meilleure de la classe ou la cancre, cela n'avait, pour lui, aucune importance. Et puis, un jour, je devais avoir quinze ans, il m'a donné un cahier. Un cahier écrit à la main.

» J'étais surprise. D'ordinaire, il m'offrait un cadeau

à Noël, je n'ai pas le souvenir que l'un d'eux m'ait marquée. Les gosses sentent lorsqu'il y a eu recherche, effort, mais il ne tentait pas de me faire plaisir vraiment, il répondait à la coutume, à l'habitude. J'avais droit à une poupée chaque année, je n'ai jamais joué avec, il le savait pourtant, elles s'entassaient sous mon lit, dans des placards. Lorsqu'il a compris que j'aimais lire, il m'a offert des bouquins, sans s'apercevoir que je les avais déjà ; et je n'osais pas le lui dire. Et un jour, sans raison, il m'a tendu ce cahier. Je n'ai pas su pourquoi.

» Il ne m'a d'ailleurs pas demandé de le lire, et je suis restée quelque temps sans l'ouvrir. Un soir, je m'y suis mise : c'était en été, il faisait chaud, je devais partir le lendemain chez ma mère, en Angleterre. Ce n'était pas une perspective très réjouissante pour moi mais revenons au cahier.

» C'était une histoire de Grand Nord, je ne me souviens pas des détails mais il y avait de la neige, des loups, un meurtre, cela ressemblait aux bouquins que les garçons aiment parce qu'il y a de l'aventure et que le héros est, en général, un costaud parcourant des paysages gelés sur des raquettes et se bagarrant avec des ours. Je n'étais pas très accrochée.

– Tu l'as lu entièrement ?

– Oui. Non, j'ai dû m'arrêter un peu avant la fin, mais j'ai lu l'essentiel.

– Pourquoi ?

Elle a haussé les épaules et a eu un geste vers les cigarettes. Il n'en restait plus qu'une.

– Prends-la.

La flamme du briquet a révélé l'arcade parfaite de ses yeux, la nacre des paupières, tout est retombé d'un coup.

– Parce que, dans toutes ces péripéties, il y avait quand même un truc qui m'intéressait.

J'ai eu l'impression que, depuis que je l'interrogeais, j'avais de plus en plus de mal à lui arracher les mots.

– Lequel ? Qu'est-ce qui t'intéressait ?

– L'histoire se déroulait dans le futur, au début du troisième millénaire.

Quel con j'étais de ne pas y avoir pensé, d'avoir cru qu'il s'agissait d'un quelconque journal de bord. C'était encore trop tôt et parfaitement ridicule, mais il m'a semblé, à ce moment-là, que les choses devenaient plus rationnelles. S'il devait y avoir réincarnation, l'être qui s'était matérialisé dans Clara avait vécu dans le passé, et non dans l'avenir : on y voyait plus clair. Enfin, il ne fallait pas exagérer, mais tout de même, légèrement plus clair.

La question que j'ai posée était inévitable :

– Qui a écrit ce cahier ? Est-ce que ton père te l'a dit ?

– Oui, c'est mon grand-père.

Le mégot s'écrase dans le cendrier. Sous le pouce, le mégot lâche une ultime et minuscule étincelle : irruption dérisoire d'un microscopique volcan.

– Tu l'as connu ?

– J'ai dû le voir, enfant, une ou deux fois, il me semble me souvenir d'un grand type courbé qui se penchait vers moi, sans tendresse, pas du tout le genre grand-papa gâteau, plutôt l'entomologiste : « Qu'est-ce que c'est que ce drôle d'insecte, avec ses deux couettes, ses socquettes en tire-bouchon et ce sourire effronté ? » J'avais eu l'impression d'être pour lui un animal bizarre, une sorte de sauterelle, je me sentais proche d'elle d'ailleurs, disproportionnée, mes jambes paraissaient pousser trop vite, j'avais les bras trop longs, le buste trop court.

– Parle-moi de lui.

– Je ne sais rien. Il a dû mourir dans les années soixante-dix. Il s'était retiré à la campagne, dans un trou. Il me semble qu'il était question d'Ardèche, mais je n'en suis même pas sûre. Je suppose que ces feuilles m'ont été remises après sa mort, ma part d'héritage en quelque sorte, les dates me semblent correspondre.

– Ton père ne t'a rien raconté sur lui ? Sur sa vie, son métier ?

Elle hoche négativement la tête.

– Tu veux du café ?

Je ne dormirai plus, de toute façon. Dans deux heures, moins même, le jour va se lever. Cela est-il vraiment possible ? Il existe des nuits légères, volatiles, il suffit qu'elles se laissent baigner agréablement par une lueur douce venue de l'est et tout naîtra sans effort à la lumière... Parfois, comme en cet instant, la nuit dort d'un sommeil si pesant, si épais, que rien ne pourra la tirer de la densité lourde de ses songes, la tâche herculéenne du jour échouera.

Nous nous sommes retrouvés ensemble dans la cuisine, elle a branché la cafetière électrique, j'ai sorti les tasses. Cela faisait autrefois partie de cette division du travail que nous nous imposions.

– Ce n'est pas du cent pour cent, poursuit-elle, mais il me semble que nous nous sommes rencontrés dans une gare. Je devais être très jeune, trop jeune pour me rendre compte exactement, mais je crois que cette rencontre dont je t'ai parlé a eu lieu près des voies ferrées : il me semble voir des rails filant vers l'horizon, il devait y avoir des hangars tout près, j'entends le bruit des locomotives, le chuintement des essieux. C'est trop loin, trop ancien...

– Comment était-il habillé ?

Lorna a un mouvement de la tête qui me surprend par sa violence, comme s'il lui fallait chasser une impression, quelque chose de désagréable.

– Je ne vois rien, je sais seulement que je ne l'aime pas et que je voudrais partir, je dois tirer mon père par la manche ou l'étoffe de son pantalon, mais il ne bouge pas. Les deux hommes parlent et ils ne tiennent bientôt plus compte de moi. Je n'ai pas dû comprendre que c'étaient le père et le fils, et que l'un d'eux était mon grand-père.

Le café est fort, noir dans la phosphorescente pâleur de la faïence. Pourquoi n'éclairons-nous pas ? Craignons-nous que la lampe éclairée ne fasse surgir des démons, ou plutôt avons-nous peur qu'elle les chasse ?

– J'ai dû faire un caprice, hurler, pleurer, jusqu'à ce que mon père se décide à m'emmener...

– Tu l'as revu ?

– Mon grand-père ? Jamais. Ou alors, je ne m'en souviens pas.

– Ton père t'en a-t-il reparlé ?

– Même pas à sa mort. Elle a eu lieu pendant que j'étais en pension, je suppose qu'il a dû se rendre à l'enterrement, ou bien, comme il était déjà malade, peut-être n'a-t-il pas bougé, je ne sais pas.

– Il t'a parlé de lui, à ce moment ? Même s'ils étaient si étrangers que tu le dis, il y a quand même un minimum entre un père et son fils.

– Il n'a jamais été bavard à ce sujet, et puis il devait penser que ce n'était pas un sujet de conversation qui me passionnait. Non, je ne sais rien de lui...

Une phrase suspendue. Il me semble la voir planer,

mouette indécise dans le vent des passions, mouette aux ailes faites de mots et de terreur.

– Un jour, nous avons parlé du cahier, bien longtemps après qu'il me l'eut donné. Il m'a posé la question pour meubler la conversation. Nous étions à table, un soir : il voulait savoir si je l'avais lu, ce que j'en pensais. Il avait une manie qui me semblait alors effroyable, il recommençait à parler avant qu'on ait tenté d'élaborer la réponse à la question posée... Ce soir-là, il m'a révélé que le désir secret de son père avait toujours été d'être romancier, il voulait écrire, mais il n'avait jamais essayé d'envoyer ses manuscrits à une maison d'édition, il les gardait, empilés les uns sur les autres... À la fin de sa vie, il les avait brûlés. Un seul avait échappé aux flammes, celui qu'il m'avait donné.

Nous avons reposé ensemble nos tasses vides sur la toile cirée.

Nous nous sommes frôlés en regagnant le salon. Sa main sur ma manche m'a retenu quelques secondes. J'ai deviné son sourire dans le reflet des glaces.

– Tu me baises mieux que lui, dit-elle, j'ai perdu au change.

Toujours droit au but, Lorna, et toujours droit à la question que l'on se pose.

– Toujours sorcière. C'est exactement ce que je me demandais.

– Je te connais, dit-elle, j'étais sûre que ça te tracassait.

Un tremblement a commencé à s'installer du côté de mes reins, bon dieu, c'était parti, même plus la peine de se donner du temps, et des excuses, j'avais encore quelques secondes avant de plonger, quelques centimètres, et elle serait dans mes bras, tout repartirait, nous étions en équilibre sur le rebord du monde et, à nos pieds, s'ouvraient des précipices. Il ne s'agissait que d'avancer d'un pas, rien de plus simple, de plus facile, juste un pas. Qu'est-ce que c'est, un pas dans une vie ? Ça ne coûte rien, c'est sans effort, il suffit de suivre la pente... je pouvais y aller sans crainte, j'avais même, pour succomber, la grande, la magnifique excuse du pardon. Tu m'as quitté, trompé, bafoué, l'addition est de taille, eh bien, serait-elle encore plus longue, je passe l'éponge, j'efface, je nie la faute, je te blanchis de tout, du crime, du malheur causé, de mes nuits à bouffer les draps. C'est une splendeur, le pardon, c'est la forme achevée de l'amour, c'est l'amour immérité, le seul qui compte au fond. Je n'avais pas de mérite à t'aimer avant, tu étais belle, drôle, gaie, sensuelle, intelligente, qui n'aurait pas craqué ? Surtout pas moi. Tandis qu'à présent, fuyarde et parjure, le mérite est mien, quelle noblesse, quelle grandeur d'âme ! La rancune a l'âme étroite tandis que rien n'est plus large que le pardon, va te faire foutre, Lorna, ne crois pas que tu vas gagner, ce soir, je suis plus mesquin que tu ne le penses.

– Tu as une idée de l'endroit où est ce cahier ? On pourrait le retrouver ?

Nous avons regagné nos places sur le divan. Quatre heures dix.

– Très facilement.

J'ai sursauté. Je ne sais pourquoi je m'étais déjà imaginé que ce manuscrit avait disparu. Un grand-père, une enfant, tout cela appartenait à un univers ancien. Un cahier d'écolier, l'encre avait dû blanchir. Aujourd'hui, avec le recul, je pense que je n'avais pas envie de le voir, c'était un objet chargé d'un maléfice, le monde qui était le sien me paraissait étonnamment dangereux. Oui, j'espérais que Lorna me donnerait la réponse qui semblait s'imposer : « Comment veux-tu que je sache, des déménagements successifs, il a dû se perdre, je ne l'ai plus revu... » Et contrairement à mon attente, il y eut ces deux mots nets et catégoriques : très facilement.

– Où est-il ?

Je me suis demandé si ces heures écoulées dans la pénombre ne m'avaient pas habitué à mieux discerner l'ombre de la pièce ou s'il commençait à naître, derrière les baies vitrées, un embryon d'initiatrice clarté. L'aube approchait, je distinguais mieux Lorna en effet, la courbe d'une boucle barrait son front, frôlait le sourcil gauche, le hâle doux des bras tranchait sur la nuit des coussins.

– Ici.

Une voiture de police est passée, toutes sirènes déclenchées, elle était loin, lancée sans doute sur les périphériques, un bon kilomètre à vol d'oiseau.

– Ce cahier est ici ?

– Oui.

J'ai dû me tortiller sur mon siège pour masquer ma stupéfaction.

– À quel endroit ?

– À la cave.

– Bon dieu, qu'est-ce qu'il fout là ?

Je n'avais pas à poser cette question. Deux ans avant de nous marier, lorsque nous avions acheté l'appartement, chacun avait apporté ses affaires. Pour moi, cela se résumait à trois bouteilles de champagne millésimé, deux caisses de bouquins et une cafetière électrique. J'avais vendu et donné tout le reste, cela s'appelait commencer une nouvelle vie. Pour Lorna, les choses étaient différentes, elle était arrivée au volant d'un camion de location et avait déversé, avec l'aide de copains baraqués, des caisses emplies à ras bord, de la batterie de cuisine à la tête de bison acquise lors des vacances 83 dans le Colorado. Au milieu de tout cela, figurait une malle pleine d'objets non identifiés et parfaitement inutiles. Et parmi eux se trouvait le cahier.

Le silence s'est réinstallé entre nous.

Je n'ai pas un instinct très développé pour percer les secrets, mais je sentais tout de même assez nettement qu'elle n'avait pas tout dit. C'est en restant silencieux que je pouvais l'inciter à parler, elle a fini par se décider.

– Je t'ai dit tout à l'heure que je n'avais pas fini de lire la fin de l'histoire. Je viens de me rappeler que ce n'est pas tout à fait exact.

Voilà. Nous y étions.

– Je suis descendue à la cave, il y a neuf ans. C'était très exactement le 26 octobre 1994, je cherchais... quelque chose. Je suis tombée sur le cahier, je me suis souvenue que je l'avais abandonné à trois pages de la fin. Je les ai lues et je l'ai remis à sa place.

J'ai dû effectuer un vol plané au-dessus de la table basse, c'est l'unique solution qui explique comment je me suis retrouvé sur elle. Nous avons roulé sur le tapis et j'ai pensé que j'avais bien vu tourner une trentaine de films où un couple basculait d'un canapé et se retrouvait dans la même situation que nous, à tenter de s'extirper mutuellement de leurs fringues en ahanant. Dans une comédie, ils entraînaient avec eux une console Louis XV et le très précieux vase filé, rapporté de Chine par un aïeul fortuné, s'écrasait en mille morceaux. Dans une tragédie, la console Louis XV se tenait hors de portée, et ils atterrissaient près de la cheminée. Une caméra les filmait alors à travers les bûches enflammées, quelle que soit la saison.

Si j'exceptais quelques médiocres tentatives onanistes au-dessus du lavabo de la salle de bains, j'avais tout oublié et j'ai eu peur de renouer avec mon vieux démon d'adolescence, l'éjaculation précoce. Précoce n'est d'ailleurs pas le mot qui convenait, car être précoce signifie que l'on est en avance, mais que l'on met du temps pour y arriver. Ce n'était pas mon cas, loin de là, c'était une explosion inopinée, immédiate et sans délai, une sorte de séisme imprévisible qui me laissait pantelant, perclus de honte de n'avoir pu tenir la dragée haute à une pareille impétuosité. Les dames en restaient pantoises, et moi catastrophé. J'ai eu peur de m'enliser dans les traditions, mais rien de tel ne s'est produit.

J'ai renoué avec les gestes, la douceur, la chanson... Lorna rendue, redonnée. Allons, le monde allait renaître puisqu'il y avait ses lèvres sur les miennes, puisque nous allions poursuivre sans doute ensemble le restant de la route, puisque je retrouvais la musique de son plaisir, puisque je revivais la fraîcheur des rivières et le parfum de la sueur. Dans le velours et la soie, nous avons entamé le voyage, le lent, l'interminable voyage qui mène aux îles oubliées, aux terres ensoleillées que je croyais perdues... Voici le jeu et la douleur, l'insupportable délivrance, le chant épanoui, les apothéoses, ses dents enfoncées dans mon épaule, le combat et l'alliance : le combat a tourné en fusion. Que d'années perdues, Lorna, combien de ports où nous n'aurons pas accosté, ils dorment sous les palmes et leurs plages sont tièdes, nous y retournerons, il doit être possible de faire demi-tour si les courants sont propices et les vents favorables.

La nuit s'est emplie du double opéra de notre sang

battant nos veines. Dans le reflet de la baie vitrée, je peux suivre la lente ouverture du rideau des cils sous l'assaut épuisé de la conscience...

– Préviens-moi la prochaine fois, gémit-elle, j'ai cru être renversée par un camion.

– Ils sont rares au quatrième étage.

Pourquoi nous cramponnons-nous ainsi l'un à l'autre ? Avons-nous peur de nous lâcher ? Craignons-nous tant de récupérer nos identités que l'amour a un temps emmêlées...

Nous serons deux à présent pour comprendre le mystère qui enferme Clara dans sa prison, nous serons ensemble si forts que rien ne nous résistera, et nous la délivrerons : il suffit de secouer les années mortes... trois années mortes, elles m'ont recouvert d'un manteau trop pesant pour moi, j'ai soulevé la charge chaque jour, l'endossant le mieux possible, mais il était temps que tu reviennes : les forces allaient me manquer.

– Dix ans de ma vie pour une cigarette, dis-je.

– Quinze.

Je me lève. Si mes souvenirs sont bons, la salle de bains doit être direction nord-nord-est. Le néon m'explose la rétine. Soleils tourbillonnants, l'un d'eux se détache, c'est Lorna.

– Tu vas avoir froid.

Pourquoi les chemises des hommes vont-elles si bien aux femmes ? Trop larges, bien sûr, trop amples, il faut rouler les manches, mais elles prennent à l'intérieur de ce vêtement l'allure précieuse des objets de grande fragilité...

– Une omelette ? Je crève de faim.

– Pas question, dis-je, on va remettre ça, il y a du temps à rattraper.

– Une toute petite omelette.

C'est sa voix d'implorante fillette, celle à laquelle je n'ai jamais résisté. Et puis, c'est vrai que ce ne serait pas mal, au fond, une omelette. Il reste des œufs dans le réfrigérateur.

– J'avais une question, dis-je, juste avant que ne commence l'intermède sexuel. Tu as donné une date précise tout à l'heure, le jour, le mois et l'année où tu as fini ce foutu manuscrit. Tu peux m'expliquer pourquoi tu t'en ~~rappelles~~ avec tant d'exactitude ? souviens

Elle fait tourner la poêle au-dessus de la flamme pour que le beurre recouvre tout le fond.

– N'importe quelle femme se souviendrait de cette date, dit Lorna, j'étais descendue à la cave, je suis tombée sur ce cahier par hasard en ouvrant une malle, mais en fait ce n'était pas ce que je cherchais.

Elle casse les œufs sur le rebord émaillé du bol et commence à les battre.

– Et qu'est-ce que tu cherchais ?

– Un berceau, plus exactement un couffin, je savais en avoir eu un, lorsque j'étais bébé. Je ne l'ai pas retrouvé. Je le cherchais parce que je venais d'une visite chez un médecin qui m'avait annoncé que j'étais enceinte, et on était le 26 octobre 1994.

J'avais enfilé un vieux peignoir de bain. Le chauffage marchait à fond mais je n'ai pas pu m'empêcher de frissonner.

Peu à peu, les rapports se tissaient entre Clara et le texte... Lorna avait achevé l'un alors que l'autre commençait.

Non, cela ne voulait rien dire.

La mousse grésille à présent dans la poêle, je me suis approché d'elle et mes bras l'ont encerclée. C'était comme autrefois, je retrouvais même la caresse de ses cheveux sur ma joue, elle s'est appuyée contre moi. Des bulles se formaient au cours de la cuisson, elle avait oublié le sel, comme toujours : peu à peu la danse d'or se figeait.

– Il y a autre chose, dit-elle.

– Parle.

– Les textes, tous ceux que Clara a écrits...

Pourquoi hésite-t-elle ? Elle a éteint le gaz et s'est tournée vers moi.

– Eh bien ?

– C'est la fin du livre, dit-elle, la dernière feuille. Tout ce que Clara a écrit, je l'ai découvert cette après-midi-là. Et tout de même, il faut se dire...

Je sais ce qui va suivre et je donnerais cher pour ne pas l'entendre.

– ... qu'au moment où j'ai achevé de le lire, elle était là. En moi.

Nous nous sommes regardés. La joie avait grondé en moi quelques minutes auparavant, pourquoi la joie qui m'envahissait quelques minutes auparavant s'était-elle soudain muée en une sourde inquiétude ? C'était peu de chose, mais la fissure était là, elle serpentait à la surface, il fallait l'empêcher d'envahir l'horizon.

Les yeux de Lorna glissèrent vers la gauche, ils m'avaient abandonné avec lenteur, avec regret. Je me suis retourné pour savoir ce qui avait attiré son attention dans ce coin de la pièce.

Clara se tenait sur le seuil.

« Venez »

– Alors ?

Pourquoi est-ce à moi de décider pour elle ? Je ne suis ni son agent, ni son ami, ni sa nourrice, elle a une batterie de conseillers qui doivent être payés pour ça, en plus, je ne l'aime guère, et je sens que c'est réciproque. Elle appartient à cette armée de jolies filles interchangeables qui peuvent gambader en sculpturales fofolles, sur les sables brûlants de Malibu pendant des décennies de feuilletons d'après-midi, sans déranger personne.

– Je n'ai pas les chiffres, dis-je, mais j'ai tout lieu de croire que l'audimat crève les plafonds, les attachées de presse doivent se battre pour y faire inviter leur poulain, donc première réaction : la plus jolie robe, le plus grand sourire, et vogue la galère.

– Et la deuxième réaction ?

C'est vrai qu'elle est craquante, elle se tape deux couvertures de news cette semaine, et le film n'est pas encore sorti.

– La télé use, dis-je, trop d'images effacent l'image. Attention à ne pas devenir un élément familier du décor.

Superbe bar d'hôtel, fauteuils-tombeaux, tout rutile ici, du plastron des serveurs aux pinces à sucre. J'aperçois les lustres dans ses lunettes noires. Pourquoi est-ce que je m'ingénie à jouer les vieux cons, à faire le spécialiste profond, l'homme pour qui marketing et publicité n'ont pas de secret ? Qu'elle se démerde ! Elle est superbe, roulée comme un macaron, et qu'est-ce qu'une émission de plus ou de moins va lui apporter ou lui ôter ? C'est une fille sucrée, elle devrait être interdite aux diabétiques. Malorin m'a demandé de l'influencer : qu'on ne la voie pas trop avant la date de sortie pour que le public ait faim d'elle, c'est son expression, ça, « faim d'elle ». Ne t'inquiète pas, Malorin, on a toujours envie de reprendre du dessert.

Toujours le même problème avec les stars, il est difficile de les empêcher de paraître en public.

– Alors votre avis, en définitive ?

– L'émission n'est pas plus bête qu'une autre, pas moins. Il y a deux humoristes permanents, assez vachards, mais il suffit de rire, vous savez le faire, et tout se désamorce. Les autres vous serviront la soupe, mais à votre place je n'irais pas.

– Pourquoi ?

– Deux ans que ça dure, c'est un rendez-vous régulier, vous entrez dans un must de la télé, mais ce sera sans surprise, le show est une succession de vedettes, vous serez l'une d'elles, et ce n'est pas assez. Réfléchissez-y.

Elle a un loulou près d'elle, dix-huit ans aux chandelles à tout casser, gueule obtuse de rappeur sans envergure, il fonctionne par onomatopées, et on serait tenté de croire qu'il possède un demi-cerveau. Erreur. Ce type est redoutable, c'est un directeur de casting remarquable et un découvreur hors pair, capable de s'emparer de votre petite nièce qui triple sa terminale et de lui faire gagner en un CD plus que vous n'avez encaissé dans toute votre vie. Mais attention, le long terme, il ne connaît pas et les lendemains ne sont pas assurés... Il me regarde en mâchonnant et a parfaitement compris les raisons de mon peu d'enthousiasme à la participation de sa protégée à « Samedi Sortie », mais comme il sait que je sais qu'il sait, je n'ai pas grand-chose à craindre.

Je me suis demandé pourquoi ce type, d'entrée de jeu, m'était aussi antipathique, et ce n'est que maintenant que je crois avoir trouvé : il a la tête de celui qui considère les rêves comme des conneries. Pire, en fait : pour lui, tout ce qui n'appartient pas au monde du réel palpable est à verser dans la poubelle du néant. Étrange d'ailleurs que l'on rencontre ces hommes dans l'univers du cinéma, la fameuse usine à rêves, vieille formule dont j'ai oublié l'auteur, lequel ne devait pas se douter que les termes étaient antinomiques. Terminé, les usines à rêves, papa, l'un a tué l'autre, le cinéma est devenu l'art le plus réel du monde, et c'est de sa réalité qu'il mourra.

– Je pense que je vais y aller tout de même, tu es d'accord, Max ?

Max opine et tire sur son cigarillo. Il n'a pas dû me regarder plus d'un dixième de seconde en une demi-heure.

Je me lève et souris à la belle. Après tout, je m'en fous.

– Bonne émission, dis-je, ne prononcez pas le titre du film, il est susceptible de changer. À bientôt...

Tapis profonds des palaces, les lumières dansent dans la porte tournante, dehors c'est Paris et neige fondue.

Malgré des recherches systématiques à la cave, nous

n'avons pas retrouvé le cahier. Qu'est-il devenu ? Lorna pense l'avoir peut-être jeté.

Nous sommes revenus hier soir de Budapest. Pourquoi Budapest, je l'ignore encore. Sans doute était-ce la seule destination pour laquelle il restait des places dans un avion. J'avais envie d'une ville froide, d'une chambre où nous pourrions baiser comme des malades, en ressortir histoire de respirer trois bouffées d'air glacé, d'avaler un café brûlant dans un salon empli de boiseries résumant à la fois la vieille Europe, la déchéance de l'Empire austro-hongrois et portant les traces d'un stalinisme mort depuis longtemps.

Budapest était l'idéal. L'hôtel ressemblait à une grosse brioche de béton éclatée qui avait roulé jusqu'au bord du Danube, de vieux serviteurs chauves s'inclinaient dans des couloirs livides qui sentaient l'asile et l'eau de piscine sulfurisée.

Il faisait froid, le fleuve était pris dans les glaces, des marchands de saucisses tapaient la semelle à des carrefours de plein vent. La nuit tombait à quatre heures et, le long des berges, les tramways du soir ramenaient dans les banlieues leur lot de travailleurs silencieux. Au nord de la ville, on découvrait un bois, dans une allée nous avons trouvé une étrange statue : un moine-écrivain de bronze vert dont la capuche rabattue masquait le visage, nous nous sommes approchés. C'était une face de nuit, voilée de ténèbres : « Anonymus ». J'ai pensé à Clara, et Lorna aussi, car nous en avions parlé tout de suite après, nos lèvres s'ankylosaient peu à peu : elle m'avait avoué que parfois, pendant des jours entiers, elle répétait sans cesse le même geste qu'elle avait vu faire par sa fille, tentant ainsi de la comprendre. Peut-être les muscles sollicités, le travail des os, des tendons, de la peau, tout cela allait-il produire une mort passagère de son cerveau, quelque chose naîtrait qui serait proche de ce qui se passait dans la pensée de son enfant, une ressemblance viendrait, quelque chose de commun enfin les lierait. Elle n'était jamais parvenue à s'oublier suffisamment pour devenir Clara, la peur peut-être l'avait retenue, la peur de devenir folle, d'une folie différente de celle de son enfant. Alors elle avait fui...

Le parc était blanc de brume, des boulevards vides y convergeaient, les cariatides des façades supportaient des balcons, encadraient les porches, une lèpre grise rongeait les murs d'anciens palais. Les grilles en fer forgé rouillaient, protégeant des jardins aux buissons noirs et emmêlés.

Budapest, c'était notre halte dans les poignards du gel que le vent rapportait de l'est, d'au-delà des collines qui surplombaient la ville et qui, déjà, s'illuminaient dans la nuit toute proche.

Nous avions perdu quelques années, cela ne comptait pas : elle était revenue. On pouvait fêter ça, non ? Trois jours, trois jours à nous, ce n'était pas le diable, nous retrouverions la vie bien assez vite.

Le deuxième soir nous avons commencé à en parler.

Le restaurant servait des goulashs brûlants et des côtes de porc recouvertes d'amandes grillées. Le vin était rude mais parfumé. Sans préparation, elle avait attaqué :

– On pourrait aller voir du côté du grand-père...

– Qu'est-ce que tu proposes exactement ?

– Mener une enquête. Peut-être existe-t-il des gens qui l'ont connu, il doit y avoir des questions à poser.

Je ne voyais pas bien lesquelles, mais les solutions n'étaient pas nombreuses si nous voulions essayer d'y voir plus clair.

Trois violonistes se sont approchés. À Budapest, le soir, dans les bars, les restaurants, les faux tsiganes pullulent, on les trouve charmants la première demi-heure, mais les sanglots des archets sur les cordes finissent par ressembler à une lugubre et interminable lamentation sur la nature humaine, qui vous donne envie d'entamer une gigue endiablée contre le profond marasme qui envahit la ville.

J'apercevais par moments dans les yeux de Lorna une sorte de doute fugace quant à ce que je lui avais rapporté : je lui avais raconté dans le détail la scène à laquelle j'avais assisté, je ne pouvais pas m'être trompé, il n'y avait personne d'autre que Clara et moi dans la pièce, c'était elle qui avait écrit, je l'avais vue : Aucun doute à avoir là-dessus, aucun.

Bien sûr, elle pouvait ne pas me croire, c'était tellement... tellement en dehors de tout ce qui était imaginable.

– J'ai réfléchi, dis-je, il est certain que Clara ne peut avoir aucune notion de ce qu'elle a écrit, elle a retranscrit sans comprendre, comme s'il s'était agi d'une langue inconnue. Suppose que tu t'installes devant une feuille, tu prends un stylo et ta main trace toute seule des idéogrammes chinois qui forment un texte ayant un sens, comment l'expliques-tu ?

Lorna boit. Comment s'appelle ce vin déjà ? Sang de taureau.

– La mémoire, dit-elle, une vieille mémoire que mes doigts restituent sans que j'y sois pour quelque chose.

– Je ne vois pour l'instant pas d'autre explication. Cela signifierait que tu as déjà vécu une vie dans laquelle tu écrivais le chinois et que...

– Mao. J'étais Mao dans une vie antérieure. Tu as remarqué que seuls les grands de ce monde se réincarnent ? Tu viens de coucher avec Mao Tsé-toung. Ça te fait quel effet ?

– Mes sympathies marxistes que je croyais disparues se mettent à revivre.

Une halte encore au musée. Pourquoi, lorsqu'on visite une capitale, se sent-on obligé de visiter les lieux qui conservent la mémoire ?

Sur les hauts du Palais royal, les salles défilent, immenses face au Danube presque invisible dans les brouillards. Aux murs, d'immenses tartines historiques, peintures de batailles où les Turcs prennent en général des peignées homériques, reflets de cuirasses, lames de cimeterres... le sang des blessés se dilue dans les plis des drapeaux que la mitraille a réduits en charpie, héroïsme des gestes et des postures, statues de guerriers cambrés aux moustaches triomphales, tout cela baigne dans une odeur de saucisse grillée : en bas, dans la rotonde, un snack a poussé et ses senteurs escaladent les étages... Difficile de s'émouvoir à la mort des princes magyars dans le soleil ultime d'un soir de bataille lorsque le rictus du moribond semble dû autant à la blessure qui ensanglante son flanc qu'au parfum insistant du hot dog.

Dans les pièces vides, une mémé attend sur son tabouret de velours que l'heure sonne, ces vieilles gardiennes m'ont toujours fait rêver. Sans doute un héritage du monde communiste, on les retrouve en Russie, dans toute l'Europe de l'Est : des emplois réservés aux veuves d'apparatchiks, aux filles de héros de la Seconde Guerre mondiale. Toujours les mêmes grands-mères aux chaussettes de laine et aux châles épais, elles attendent, les mains jointes sur leur giron, que le touriste passe et disparaisse. Des vies lentes et scandées par les talons d'improbables visiteurs... Comment rendon au cinéma la vision du monde d'une octogénaire enfermée entre quatre tableaux toujours identiques ? Combien de temps avant qu'elle ne s'en lasse, avant de ne plus les voir ? Fut-il une époque où elle scrutait les traits de ces visages immobiles, les seigneurs sévères, les vierges aux yeux d'azur, les velours, les fourrures ? Seules ces femmes pourraient dire si l'œuvre d'art est inépuisable ou non, elles seules demeurent avec elle tous les jours de leur reste de vie...

– À quoi tu penses ?

– Je me demande quelle tête ferait Malorin si je lui proposais de tourner la vie d'une gardienne de musée.

– Il te couperait les vivres et tu n'aurais plus de quoi m'offrir la saucisse des Habsbourg.

Le snack était l'endroit le plus peuplé du musée, quatre touristes perdus badigeonnaient leur sandwich de moutarde. Lorna a attaqué avec enthousiasme. Dehors, par les hautes fenêtres, on apercevait le Parlement sur l'autre rive, il ressemblait à un bloc de givre, une eau transparente figée par le gel. Sa seule vision semblait pouvoir faire baisser la température.

– Ramène-toi, dis-je, j'ai composé le programme des heures à venir : on rentre à l'hôtel, on se colle au radiateur et je te possède avec furie.

Nous sommes rentrés. Les deux chasseurs de l'hôtel, cape rouge, pantalons à la française et haut-de-forme empanaché, ouvraient les portes de l'intérieur. Signe de froid. À partir de moins dix, on rentre le personnel. Qui résisterait, immobile face au blizzard qui remonte les glaces depuis la mer Noire ?

J'avais l'impression, cette nuit-là, que je n'arrêterais plus de la baiser, que cela durerait tout le restant d'une vie, jusqu'à une aube qui ne se lèverait jamais. Malgré la lueur qui venait des balcons enneigés et pénétrait dans la chambre par l'intervalle séparant les lourds rideaux, il me semblait que nous bougions dans une eau épaisse et sombre, celle-là même qui régnait dans l'ombre de la capuche du moine... Je m'en approchais, le visage était là, immense, je n'en voyais plus les bords, et je plongeais dans l'ombre sans en atteindre le fond, je cherchais des doigts l'arête d'un nez géant, d'une arcade, de lèvres infinies, mais il n'y avait rien, je descendais de plus en plus vite, de plus en plus loin, et il n'y avait rien, jamais... c'était au cœur même de la mort que je pénétrais, et en même temps je pensais à Clara, était-ce dans ces ténèbres qu'elle se débattait depuis toujours ? Qui allait la ramener au jour, qui la ferait sortir de la coiffe de bronze qui la séparait de la vie ?

– Arrête, tu es fou...

Lorna me repoussa, consciente de cette rage qui m'avait pris, de cette folie qui montait de mes reins jusqu'à m'envahir. Je retombai sur l'oreiller, en sueur, je sentis ses paumes essuyer mon front trempé, et ses lèvres conservaient un goût de sel et de sperme.

La première nuit, j'avais recherché sa jouissance avec furie, je m'étais aperçu que j'avais voulu, en quelques heures, effacer le souvenir des années où elle avait appartenu à l'autre. J'avais voulu refaire le chemin, broyer le passé, piétiner les vallées enfuies, un cavalier créant l'oubli derrière lui, détruisant tout ce qui ne portait pas sa marque. Galope, imbécile, extirpe de sa mémoire jusqu'au souvenir de ses moindres plaisirs... un guerrier jaloux, déchaîné, qu'elle avait réussi à calmer avec ses mots, ses mains... Ce n'était pas la peine, ce n'était pas ainsi que se gagnaient les combats, je menais une guerre inutile car la victime était déjà mienne.

Elle mentait.

Pour un jaloux, les femmes mentent. Je ne me connaissais pas ainsi, et puis j'avais toujours cru Lorna, elle ne m'avait rien caché lorsqu'elle était partie, mais par instants j'avais du mal à la croire : elle avait dû connaître des moments torrides et j'en cherchais les marques sur son corps. Durant ces heures, j'avais senti une aile d'ombre m'effeurer, la folie pouvait n'être pas si loin, peut-être était-elle là déjà, dans cette envie de tenter l'impossible : faire que ce qui avait eu lieu n'ait pas eu lieu... Pauvres humains au demi-pouvoir, incapables de défaire. Elle avait su me calmer, nous étions redevenus les amants d'autrefois, il y avait eu ces connivences, ces rires qui avaient été pour moi ce qui comptait le plus dans ma vie.

Étrange voyage, plein de feu, de sexe, de paix et de fureur. Je tentais de retenir les secondes, de freiner le temps, de m'opposer à la coulée lentement monstrueuse qui nous entraînait vers le retour.

Qu'est-ce que je craignais ? Quel danger nous menaçait ? Aucun. Au contraire, la vie allait reprendre avec la femme que j'aimais, le monde allait rentrer dans ses rails et le voyage continuer sans heurts.

Clara.

Clara : notre hantise. Si je cherchais au cœur de cette vieille Europe dont je pouvais deviner encore les traces meurtries par une histoire trop brutale, si je cherchais à bloquer le cours trop rapide des jours et des nuits, c'était pour ne pas la retrouver. Pour repousser dans un avenir lointain, toujours retardé, le moment où je me tiendrais à nouveau face au secret qu'elle cachait derrière ce masque d'enfant.

C'était la première fois que j'éprouvais ce sentiment. D'ordinaire, au retour de mes voyages dont certains duraient plusieurs semaines, je n'appréhendais pas notre rencontre, elle était une fillette blonde et jolie, je pouvais, durant quelques secondes, imaginer qu'elle allait courir vers moi, me sauter au cou, je sentais sur mes joues la rieuse douceur de ses lèvres d'enfant. Je m'étais habitué à ne pas vivre ces minutes, mais cette fois les choses étaient différentes.

Nous étions face à une énigme, et cette énigme plongeait dans un monde qui dépassait l'entendement, il débordait de toutes parts celui auquel j'avais eu accès jusqu'à présent, et la peur m'avait saisi... Pas encore, un peu de temps en plus, un peu d'amour dans un hôtel du bout du vieux monde. Laissons encore couler le Danube sous les vieux ponts, demain viendra toujours trop tôt.

Et demain était venu.

Nous avions repris l'avion dans un aéroport givré comme un réfrigérateur. Un ciel clair comme un diamant figeait les plaines sous une chape de glace, transparence friable et mortelle. Roissy nous avait accueillis avec son agitation familière. L'entracte était terminé.

Je n'avais pas revu Morlon. Ni Zafran à fortiori. Qu'aurait-elle pu me demander ? Que devais-je, que pouvais-je faire ? Rien, bien sûr, elle avait évoqué une hypothèse, une théorie qui expliquait la maladie de ma fille, mais elle ne pouvait rien attendre de personne.

En même temps quelque chose me disait qu'elle devait espérer, comme si j'avais une initiative à prendre et que je reculais. C'était angoissant et énervant de se rendre compte que l'on se dérobait à une mission qui vous demeurait inconnue...

Lorna avait esquissé une piste : les traces du grand-père. Qu'est-ce que cela nous donnerait ? À quelle conclusion cela nous amènerait-il ? En supposant d'ailleurs que nous retrouvions la piste, rien n'était moins sûr.

J'avais repris le collier. Lorna avait réintégré la maison. Clara restait Clara, il n'était pas certain qu'elle se fût aperçue du retour de sa mère. Il y a chez cette sorte de malade une impossibilité d'une telle force qu'il est parfois tentant de la confondre avec de l'inconscience. Morlon m'en avait entretenu il y a longtemps : « Ne croyez pas qu'elle n'éprouve rien, n'oubliez pas que son monde perceptif n'est pas le vôtre, et inversement... Si elle reste sans réponse devant des stimuli qui vous semblent devoir en provoquer une, ne pensez pas à un manque d'attention de sa part. Elle se défend, c'est tout. »

Des années à intégrer ces remarques. Peu à peu j'avais appris à comprendre, disons à appréhender vaguement ce qui pouvait ressembler à la vie lorsqu'on se tient à l'intérieur d'une pelote d'épingles.

Le travail avait repris. Il y avait le gros de la besogne à effectuer et j'avais lancé l'écriture d'une comédie à partir de quelques phrases maladroites : un jeune type, timide et lugubre, spécialisé dans le bouquin confidentiel et dont les tirages ne dépassaient pas le groupe familial, avait au cours d'une rencontre émis une idée marrante, ce ne serait sans doute pas lui qui l'écrirait, mais il avait tenu à bâtir lui-même le synopsis. Je lui avais signé un chèque qui l'avait laissé pantois. Du coup, il m'avait confié qu'il avait écrit une thèse sur Kierkegaard, ce qui ne m'avait pas rassuré outre mesure sur ses qualités d'auteur comique.

Quand j'étais rentré la veille, Lorna m'avait tendu un whisky saturé de glaçons.

– Névrasque. Névrasque en Ardèche.

J'avais tout de suite compris de quoi il s'agissait,

simplement je n'aurais pas cru qu'elle trouverait si vite : toujours ma tendance à renvoyer à plus tard.

– Comment tu as fait ?

– Un certificat de décès parmi des papiers, tout un fatras allant du livret de famille d'un oncle par alliance à la dernière quittance de loyer de mon beau-frère, en passant par le livret scolaire d'une aïeule disparue en 1912, bref, j'ai découvert que mon grand-père est mort en Ardèche, à Névrasque.

J'ai avalé la moitié du verre en trois gorgées.

– Et alors ?

Je n'avais pas voulu marquer la moindre agressivité dans mon interrogation mais je fus moi-même surpris par la sécheresse du ton que je venais d'employer. Je pouvais en cet instant lire la surprise dans les yeux de Lorna.

– Alors je ne sais pas, je ne suis pas plus avancée que toi, je me disais que si nous allions là-bas, peut-être découvririons-nous un indice, ou rien du tout.

L'impuissance dans sa voix me renvoyait l'écho de la mienne. Nous partions à la recherche de quelque chose que nous ignorions, ce voyage serait parfaitement inutile, nous allions nous retrouver devant une tombe. Et après ? Les tombes sont muettes, c'est bien connu. À quoi cela nous avancerait-il ?

– Donne-moi ton avis.

L'envie de cigarette m'a repris. J'ai posé le verre et suis allé coller mon front contre la vitre. La nuit était proche, elle serait violine, peut-être chacune avait-elle sa couleur. Nous n'y prêtions pas attention mais, depuis qu'elles existaient, nul encore ne s'était aperçu qu'elles étaient différentes, plus encrées, plus massives, nuit de velours, nuit de goudron, liquide, pâle... Je me suis secoué.

– On est dans le brouillard, le plus épais qui soit, la seule façon de s'en sortir est de marcher, mais il n'est pas sûr que nous allions vers une clarté plus grande.

Depuis que j'avais parlé, je me sentais mieux : nous nagions dans l'irrationnel le plus complet, ce voyage n'avait aucun sens logique, donc après tout, si nous l'entreprenions nous resterions dans la ligne.

– J'ai réfléchi, dit Lorna, j'ai repensé à ce que tu m'as raconté sur Dandworth : lui aussi savait de qui son fils était la réincarnation.

Elle a levé vers moi deux mains apaisantes.

– Je n'y crois pas plus que toi, tu le sais bien. Acceptons cette hypothèse et constatons que nous avons un avantage sur lui.

– Lequel ?

– L'espace de temps qui sépare Clara de son arrière-grand-père est plus court que celui qui existait entre Arnold Dandworth et son aïeul.

Je l'ai regardée avec stupéfaction. Elle s'était renseignée. J'ouvris la bouche pour l'interroger mais je n'en ai pas eu le temps.

– J'ai vu Morlon. J'ai posé des questions, elle a répondu.

Tu parles... La psy avait dû considérer Lorna comme le messie, une oreille enfin complaisante, largement ouverte.

– En quoi le fait que moins de vingt ans séparent Clara de la mort de son grand-père est-il un avantage ?

– En rien, simplement on peut rencontrer des gens qui l'ont connu.

– En Ardèche ?

– En Ardèche.

Je savais bien que si je ne l'accompagnais pas, elle irait seule. J'avais une mauvaise impression. Je ne connaissais pas la région, je l'avais traversée, autrefois, j'avais campé dans des gorges : un vent soufflait, glacial, on devait pourtant n'être que fin septembre. Je m'en souvenais encore.

Une clef a tourné dans la serrure de la porte d'entrée. Cornier ramenait Clara.

Elle l'a déposée à terre et la petite s'est dirigée vers sa chambre sans un regard pour nous, elle a suivi comme tous les soirs la bordure du tapis, frôlé le chambranle gauche : pas un écart de trois millimètres depuis des années. Sous la fourrure de l'anorak, ses joues étaient rouges et j'ai eu l'impression que son nez coulait. Cela m'a rappelé l'aveu de Lorna un soir de confidence : « J'en suis venue à être heureuse de ses rhumes, de ses bobos de gosse, elle me paraît alors plus semblable aux autres, elle est une enfant puisqu'elle éternue, puisqu'elle pleure à cause de ses sinus encombrés... »

C'était vrai, j'éprouvais alors le même sentiment. Elle partageait au moins quelque chose avec le reste du monde : un coup de froid, un virus, un microbe, cela prouvait que la forteresse n'était pas étanche, que des fissures, même légères, existaient, elles pourraient donc s'agrandir. Oui, je comprenais Lorna que ces babioles rassuraient. Je m'étais entendu dire un soir à Malorin : « Je dois rentrer plus tôt, Clara avait un peu de fièvre ce matin. » Un père aux inquiétudes normales.

– Le docteur Morlon vous demande de l'appeler. Elle sera à son bureau jusqu'à vingt et une heures.

Cornier ne plaisante plus depuis le retour de Lorna. Elle attend, elle surveille pour savoir si ma femme peut rentrer en grâce à nouveau, si ce retour n'est pas qu'un feu de paille.

J'ai décroché le téléphone et branché le haut-parleur. La voix de Morlon a éclaté dans la pièce :

– Oui ?

J'ai baissé le son, me suis présenté mais c'était inutile.

– Votre femme écoute ? J'aimerais qu'elle entende ce que j'ai à vous dire.

– Elle entend.

– Parfait. Clara parle.

Le grésillement du combiné sembla s'apaiser jusqu'à un niveau faible, étouffé, comme si une mer nous séparait.

– Vous pouvez me répéter ça ?

Lorna s'était approchée de moi. Son visage me faisait penser à celui de certains portraits de femmes au maquillage blafard. Comment s'appelait cette sorte de plâtre ? La céruse, une bouillie grasse, la couleur de la peau lorsque la vie n'y circule plus.

– Clara parle durant son sommeil, Leïla s'en est aperçue la première, cela date d'il y a quatorze jours. En fait, elle ne prononce aucun son audible, mais ses lèvres bougent.

Je me suis assis lentement, Lorna a fait de même, nos yeux ne se quittaient pas.

– Ça peut être des mouvements musculaires incontrôlés.

– Il ne s'agit pas de cela mais de mots. Nous en sommes certains.

– Comment pouvez-vous l'être ?

– Même un micro placé très près n'a rien détecté. Nous avons donc fait appel à une orthophoniste, elle sait lire sur les lèvres.

J'avais eu raison de m'asseoir parce que c'est à cet instant-là que j'ai commencé à trembler... Tes yeux,

Lorna, sont immenses dans la nuit. Quel effroi les dilate soudain ?

– Et qu'a-t-elle lu ?

– Une seule phrase revenant en boucle, de façon régulière, nous n'en comprenons pas le sens, mais peut-être pourrez-vous nous aider ?

– Qu'a-t-elle lu ?

Je le savais. J'ignore pourquoi mais je le savais. Je jurerais aujourd'hui que je savais ce que Morlon allait me répondre. Je l'ai senti hésiter au bout du fil. Lorna a bondi et m'a arraché l'appareil des mains.

– Qu'a-t-elle dit, docteur, dites-nous...

Le grésillement a repris soudain sur la ligne et les mots ont sonné dans la pièce :

– Est-ce que le mot « névrasque » vous dit quelque chose ?

Je me suis arrêté de respirer. Il m'a semblé qu'au-dessus de nos têtes le plafond s'était mis à tournoyer.

– Oui, c'est un village d'Ardèche, mon grand-père y est mort. Dites-nous exactement ce qu'a dit Clara.

J'ai encore la voix de Morlon dans la mémoire, elle n'en sortira sans doute jamais :

– Elle a dit : « Je suis à Névrasque. Venez. »

Aujourd'hui

Névrasque ? Vous n'y arriverez pas en voiture.

Le bruit du torrent bouillonne au fond de la gorge. Si on s'approche des bords, on voit l'écume danser haut le long des parois, une eau de champagne, mousseuse et tourbillonnante.

Bistrot perché en bout de sentier. On devait y égorger les voyageurs il y a un siècle, mais y avait-il des voyageurs ? Pas davantage qu'aujourd'hui.

Un poêle à bois et des calendriers des postes superposés, accrochés au mur. Pourquoi les garde-t-on ? Des toiles cirées. J'ai eu l'impression, dès l'entrée, que ça ressemblait un peu trop à un décor : le genre de bistrot de fin du monde où l'on s'attend à trouver des joueurs de belote octogénaires dans l'arrière-salle, des fumeurs à casquette tirant sur de vieilles pipes. Le genre dramatique rurale, un vendredi 20 h 45 sur France 3. Lorna achève son deuxième café et tire sur sa cigarette. Elle a craqué à la sortie de Privas. Depuis, elle les grille l'une après l'autre avec une expression de grande béatitude. Elle a refumé la première la nuit de son retour.

– Pas d'impression de défaite ?

– Aucune.

– Tu avais arrêté depuis combien de temps ?

– Trois ans.

– Pourquoi ?

– J'étais idiote. C'est délicieux. Je vais rattraper le temps perdu. En mettant les bouffées doubles, je dois y arriver.

Le patron n'a pas trente ans. Des posters d'équipes de football sont punaisés derrière les étagères à bouteilles. Il nous a expliqué qu'il travaillait surtout avec la location de kayaks qui descendent les gorges. Il y a aussi du tourisme dans les grottes. C'est de l'or, les grottes, pour peu qu'il y ait une demi-fresque représentant un quart de bison, les voyageurs déboulent de partout, même d'Amérique. L'hiver, évidemment, c'est plus calme. Certains jours il ne voit pas un chat.

Du menton, il montre à travers les vitres la crête des canyons.

– Névrasque, c'est derrière, ça forme un cirque, mais il n'y a plus personne là-haut, depuis longtemps. Ça fait près de dix ans que je suis ici, j'y ai jamais vu un habitant.

– Par où passe-t-on ?

– Vous prenez la route de Saint-Martin, à cinq cents mètres vous verrez un sentier sur la droite, faites attention de ne pas le manquer parce qu'il n'est pas indiqué. Le panneau a disparu. Vous montez tant que vous pouvez, et quand vous pouvez plus, vous continuez à pied. Vous risquez pas de vous tromper, il n'y a qu'une route. D'ici, ça doit faire trois kilomètres, seulement ça grimpe... Vous comptez acheter une maison ?

– On ne sait pas, dit Lorna, on cherche dans le coin...

– Y a des amateurs. Un Allemand est venu un jour, il voulait acheter le village, les quinze maisons, rien que pour lui. Remarquez que quinze ou trente, c'est pareil là-haut, c'est que de la ruine. Il faut dire que la terre est caillouteuse, rien n'y pousse, c'est la misère assurée...

Pourquoi un type écrivant de la science-fiction était-il venu s'enfermer là-haut, au sommet de la falaise ? Qu'y cachait-il ?

La pièce tournoie sur le zinc du comptoir, elle ralentit, s'immobilise, et je crois, une fraction de seconde, qu'elle va rester en équilibre sur la tranche avant de retomber côté face.

Dehors, l'air semble saturé par l'eau du torrent, il règne une atmosphère de fraîcheur humide qui escalade les roches et vernisse les feuilles des premiers arbres accrochés à mi-pente. Des fleurs compliquées et trapues semblent plonger leurs racines dans la pierre. Lorna enclenche la première et suit mon regard.

– Des asphodèles.

J'ai su un poème autrefois où il était question de ces fleurs, je m'entends le réciter, il arrive que le nom des choses soit plus beau que la chose elle-même. Je suppose que les écrivains doivent savoir cela, peut-être même n'aiment-ils du monde que la façon que l'on a de le nommer. Les gens qui s'extasient sur la beauté de la langue m'ont toujours paru louches.

– À quoi penses-tu ?

– Aux asphodèles.

En fait, depuis notre arrivée ici, tout est prétexte pour penser à n'importe quoi, sauf à la raison pour laquelle nous sommes là. Tout peut se résumer en un seul mot dont je n'arrive pas à admettre la réalité de ce qu'il recouvre : la réincarnation.

La route monte. Nous entrons dans le défilé.

Élucubration totale ou possibilité scientifiquement acceptable ? J'ai toujours eu tendance à cartésianiser... « À quoi croyez-vous, monsieur ? – Je crois que 2 et 2 font 4. » Vieille réplique de Don Juan à son crétin de Sganarelle... Non, je ne crois décidément pas à la réincarnation. Pas du tout.

Un souvenir pourtant. Mais est-ce un souvenir ? Je n'y pense jamais. Presque jamais.

La portière droite frôle la paroi. Caillasse et racines têtues incrustées dans le minéral : c'est le temps où le végétal tourne en calcaire. Où allons-nous, Lorna, qu'est-ce qui nous attend là-haut, et pourquoi ai-je envie de te demander d'arrêter et de rebrousser chemin ?

Nous grimpons et, pourtant, quelque chose se referme sur nous. Lentement, un puits se forme, nous sommes au centre. Tout autour de nous, un cercle de murailles s'élève et le sommet penche comme la vague haute d'une mer : toutes convergent vers nous et s'inclinent comme les géants des contes d'enfance et de terreur.

– Regarde.

Par l'échancrure des pierres aux couleurs de vieil os, une aiguille apparaît, un bloc aigu, vieux donjon d'un château absent.

– Je ne peux plus continuer, dit Lorna, le moteur chauffe.

Les lacets du sentier s'enchaînent et la voiture s'arrête au ras de la ravine. Le moteur se tait et, lorsque j'ouvre la portière, le silence me saute à la gorge. On devine en contrebas la course insonore du torrent. Nous venons de pénétrer dans le royaume où tout se tait. Pas un oiseau. Pas de vent, les branches des buissons jaillissant des failles du basalte sont immobiles. Le village est encore invisible. Il faut marcher, à présent.

Nos semelles crissent sur la caillasse.

– Comment s'appelait-il, au fait, ton grand-père ?

– Simon. Simon Calard.

Pourquoi ai-je éprouvé le besoin de savoir le nom de l'homme sur les traces duquel nous sommes partis ? Nommer les êtres est peut-être une façon de désamorcer le danger potentiel qu'ils représentent.

Nous progressons. Le sentier s'est rétréci, je sens qu'il va disparaître bientôt, qu'il faudra gravir des roches effondrées, des herbes hautes. Je n'ai plus l'habitude de tels exercices.

– On s'arrête ? Je cale.

Lorna se retourne. Me sourit.

– Tu ne fumes pas assez.

– Ça doit être ça.

Le gong du cœur dans la poitrine, il cogne et je veux attendre que tout s'apaise.

– Nous sommes cinglés, dis-je, personne ne peut croire à une histoire pareille.

– Il ne s'agit pas d'y croire, dit Lorna, on est dedans, autant aller jusqu'au bout.

L'image a surgi à cet instant, toujours la même, identique malgré les années, elle m'a toujours poursuivi.

Non, « poursuivi » n'est pas le mot. Elle venait, au bout des nuits, des lieux, des émotions, elle ne me hantait pas, je l'ai retrouvée parfois avec plaisir : elle est un vestige, un très ancien souvenir, la dernière trace d'une autre vie. C'est parce qu'elle existe que je suis là, oui, une autre vie : je suis dans une maison sombre dont les volets sont tirés sur la lumière violente d'un soleil blanc. Ce sont des volets à claire-voie, je pourrais compter toutes les veines du bois. Dehors, la chaleur écrase un paysage de pierre. Il n'y a ni montre ni horloge, mais je sais qu'il est midi. Le zénith, implacable. Je suis à l'intérieur mais je sais que la maison est sans étage. Il s'agit d'un mas blanc, plat, aux tuiles cuites, délavées par les années. C'est la Provence, je présume, mais ça pourrait être la Sicile ou le sud de la Sardaigne.

La pièce où je me trouve baigne dans la pénombre. Un miroir ovale au cadre doré me renvoie un reflet : celui d'un jeune homme dont la pâleur m'étonne, le malaise qui m'envahit à l'observer provient du fait que ses traits ont quelque chose de maladif, ou tout au moins de vieilli. Le front se dégarnit déjà, les joues sont trop creuses et les rides marquées. Le costume est noir, le col de la redingote monte haut jusqu'aux lobes des oreilles. Une cravate de soie prune s'enroule plusieurs fois autour du cou avant de disparaître dans un gilet à boutons de soie. Ce personnage à triste figure se regarde fixement, je n'ai aucun trait commun avec lui et, pourtant, je sais que c'est moi.

Le miroir n'est pas assez grand pour en révéler davantage, mais je sens le cuir des bottes comprimer mes chevilles et mes mollets. Mon costume date du milieu du XIXe siècle. Il a quelque chose de balzacien, d'un jeune notable sévère et provincial. Suis-je notaire ?

Un autre personnage est présent dans la pièce : une femme.

Je ne l'ai jamais vue entièrement. Elle se tient de dos. Elle est veuve. J'ignore comment je peux l'affirmer, mais pour moi c'est indubitable. Dans le fond, j'aperçois une tapisserie ancienne à rayures verticales. La femme est ma mère. Nous devons, étant donné notre habillement et nos attitudes, elle porte une cape, être sur le point de sortir, mais dehors c'est le désert, aucune route, aucun sentier, des pierres surchauffées à perte de vue.

C'est une image fixe, d'une précision diabolique. Elle m'évoque certains tableaux hyperréalistes qui vont chercher leur étrangeté et leur mystère au cœur même de la précision exacerbée de leurs détails.

J'ai cherché au cours de ma vie d'où elle pouvait me venir. Est-ce le souvenir d'un film ? D'une photo découverte au hasard d'une visite, d'une lecture ? J'ai éliminé au fur et à mesure toutes ces hypothèses. Il n'en est rien resté sinon ce qu'abstraitement, intellectuellement, je refuse : le souvenir d'une autre vie.

Sans cette image, je ne serais pas là. Ayant épuisé toutes les explications rationnelles concernant son origine, j'en suis réduit à penser à une trace, une empreinte laissée comme la preuve d'une existence passée. Oui, j'ai vécu dans cette maison brûlante, au cœur de ce plateau aride, dans la nuit des volets tirés sur la cruauté du jour. Je fus ce jeune homme trop blanc, trop malingre, que sa mère accompagnera sur une route caillouteuse et improbable, dans le déluge vertical du soleil. Alors, si j'ai vécu autrefois une autre vie, pourquoi n'en serait-il pas de même pour Clara ? Pourquoi la réincarnation ne serait-elle dévolue qu'à certains ?

Nous avons repris le chemin en zigzaguant à travers les éboulis, évitant de prendre la pleine pente qui s'élevait trop abrupte. Des pierres taillées se sont effondrées au milieu des roches, certaines sont bloquées par des racines.

Lorna a pris de l'avance sur moi, dix mètres. J'avance, les yeux fixés sur la ligne des hauteurs. Elle s'abaisse brutalement et l'horizon s'évase.

Nous sommes arrivés.

Névrasque.

Les dernières maisons sont plaquées à la montagne qui grimpe, verticale vers le ciel. Le village a croulé au fil des années, à l'ombre des orgues géantes, enfoncées dans la terre par un poing furieux.

– Écoute.

Le vent émet un sifflement ténu, presque tendre, qui doit pénétrer jusqu'à nous par des fissures de cheminées.

Des masures s'appuient sur des piliers que le vent a sculptés.

Nous avons avancé et débouché au centre d'une place vide : autour de nous, l'amphithéâtre des restanques et des maisons aux toits crevés.

L'imperceptible note aiguë semble si proche de mes oreilles que je dois retenir un mouvement comme pour chasser un moustique.

Lorna s'est assise dans l'herbe. Ses yeux cherchent la trace des ruelles qui serpentaient entre les masures.

Je viens m'installer auprès d'elle et nous partageons un instant le silence.

– Une idée de l'endroit où se trouvait sa maison ?

Lorna hoche négativement la tête.

Cela n'a pas d'importance. Ce qui compte, c'est le cimetière.

« Je suis à Névrasque. Venez. »

Il ne doit pas exister beaucoup de phrases qui me soient autant de fois revenues à la mémoire en si peu de temps.

Si Clara est la réincarnation de Simon Calard, c'est lui qu'il faut trouver, et un homme mort depuis plus de dix ans est susceptible de demeurer plus facilement dans une tombe qu'au bistrot du coin.

– En général, dit Lorna, c'est derrière une chapelle.

Elle est plus loin devant nous. Tout au moins ce qu'on en devine. Le toit s'est écroulé depuis longtemps, il reste une moitié de clocher éventrée et trois murs, nous l'avons vue en abordant la pente, une aiguille de pierre dorée que le temps lamine.

Nous avançons dans ce qui a dû être la rue principale du village. Les escaliers se sont effacés sous l'assaut double des pluies et des années. Un pont relie les deux côtés de la ruelle. Il n'est pas de venelle plus sombre que dans les pays de soleil.

La plupart des portes sont fermées, des chaînes rouillées les condamnent. Les vitres des fenêtres sont brisées et les volets ont disparu.

Simon Calard.

Quelle était sa vie dans ces lieux ? Pourquoi était-il venu s'y réfugier ? Ce ne sont pas ses voisins qui nous renseigneront... Les maisons peuvent mourir, ce village en était la démonstration.

Un mur effondré bloquait le passage. Lorna escalada les pierres et je l'aidai à franchir l'obstacle. Nous nous trouvions devant la chapelle.

Sur le côté, un portail en fer forgé pendait hors de ses gonds.

C'était là.

Une dizaine de tombes sous l'ombre d'un châtaignier.

Le vent et les stèles de guingois...

Tout se déroulait comme si la terre refusait les cercueils et tentait de les expulser avec le lent entêtement de la nature. La plupart des pierres tombales étaient brisées, soulevées en partie. J'ai pensé à ces films anglais des années cinquante où des morts-vivants à la démarche chancelante escaladent, à la pleine lune, les grilles des chapelles funéraires tandis que les chouettes hululent... Dans la salle, les adolescentes hurlaient de terreur et se pelotonnaient contre leurs boy-friends qui n'attendaient que ça.

Pas de morts-vivants à Névrasque, simplement l'abandon et l'oubli.

Méthodiquement, Lorna se penche sur les stèles, tentant de lire les inscriptions. La plupart sont effacées. On devine quelques noms de famille : sur les tombes, ils vont par deux, comme les amoureux... La mousse a bouffé la pierre, rongé les ferrailles, l'herbe a poussé.

Pas de Simon Calard.

Un rapace, très haut, une croix minuscule contre le ciel. Que surveille-t-il ? Il plane, presque immobile, audessus de nous.

– Clara raconte des histoires, dis-je, cette gosse a

voulu nous éloigner pour pouvoir fumer ses pétards tranquille et donner des boums en notre absence.

– Il doit y avoir un registre quelque part, s'entête Lorna, on doit savoir s'il est ici ou non. On n'enterre pas les gens n'importe où...

Je m'approche de l'à-pic, tournant le dos au village mort.

Je connais ces lieux.

De l'endroit où je me trouve, on distingue la paroi verticale, le torrent, des cascades, cela me rappelle...

L'Alaska.

Calard est venu ici. Il avait ce paysage sous les yeux, il l'a décrit, l'a agrandi, ajoutant quelques traces de neige et de glace, il est parvenu à recréer un autre univers, celui du Nouveau Monde. Je suis sûr que cela s'est passé ainsi. Il lui a suffi d'ouvrir sa fenêtre.

La voix de Lorna me parvient.

Je reviens sur mes pas et regagne ce qui a dû être la place. Il y a, sur une façade, des lettres délavées, couleur de vieux chocolat : « Chez Paul. » Il suffit de fermer les yeux quelques secondes pour voir la terrasse sous les charmilles, entendre le choc des boules et humer l'odeur sucrée du pastis...

– Où tu es ?

Elle apparaît à l'une des fenêtres, au-dessus de l'ancien bistrot.

– Tu as trouvé quelque chose ?

– Des araignées...

La porte est ouverte. Ce devait être une cuisine sur la gauche, il y a encore des tuyauteries ; contre le mur, posée verticalement, la pierre de grès qui a dû servir d'évier. L'escalier craque, la rambarde a disparu.

J'entre dans une chambre, il reste des lambeaux de tapisserie, les rectangles pâlis où furent accrochés des tableaux. Est-ce ici que vivait Simon Calard ? Je prends la main de Lorna au-dessus d'un amoncellement de planches.

– Descendons, on va passer à travers le plancher.

Les tommettes sont brisées, la plupart sont tombées au rez-de-chaussée. Nous reprenons les escaliers, la descente est plus difficile, il manque les trois dernières marches. Je saute et récupère Lorna.

– J'ai un fantasme.

– Je croyais qu'on les avait à peu près tous réalisés.

– Pas celui-là.

Je la vois sourire. Quand elle a cet air-là, on peut s'attendre au pire.

– De quoi s'agit-il ?

– Une profanation... Connaître l'ivresse sur un autel...

– Une messe noire, dis-je, un truc à se faire brûler vif par une foule déchaînée.

– De ce point de vue, on ne risque pas grand-chose.

– Et moi ? Tu ne me demandes pas mon avis ? Est-ce que tu te préoccupes du fait que mes convictions morales et religieuses peuvent être choquées par...

– Tu en meurs d'envie.

Je réfléchis.

– Tu en es sûre ?

– Certaine. Plus que moi.

– OK, dis-je, direction la chapelle. Vacances de rêve : chercher dans un cimetière abandonné la tombe d'un mec réincarné dans une petite fille, tout en forniquant dans un lieu consacré, dans le plus pur style des sectes sataniques, ça signifie qu'on risque la taule pour attentat aux mœurs et l'asile pour dérangement mental. Je ne marche pas dans ces combines.

– Si, dit-elle.

Il restait encore un quart de vitrail sur un pan de mur, trois bancs perdus au milieu des pierres éboulées que la mousse avait recouvertes, les deux marches de marbre qui menaient au maître-autel avaient résisté. J'ai déjà ses bras autour de mon cou.

– Action, dit-elle, et tâche d'être à la hauteur, Dieu te regarde.

– Ne me fais pas rire.

Évidemment, je m'emberlificote dans les fermetures de sa parka et les scratchs de ma veste. Elle a un rire bref.

– C'est froid.

– Reste concentrée, dis-je, on n'est pas là pour s'amuser.

Elle se renverse sur la pierre. Déploiement de chevelure en auréole, une vision de cérémonie aztèque : un couteau de pierre va plonger dans le sein de la vierge vouée au sacrifice.

– Que le grand prêtre arrive, murmure-t-elle, le temple l'attend.

Érection faiblarde mais suffisante. Ça y est, nous y sommes, en route pour toutes les damnations.

Son sourire s'efface. Je connais ce moment, je l'ai cherché au long des nuits. C'est l'instant où le monde bascule, où Lorna pénètre dans un univers tendre et exacerbé, celui du plaisir. Seigneur, puisque nous sommes en Ta demeure, pardon pour le spectacle offert, et fais en sorte que je ne dérape pas sur le marbre mouillé.

– Arrête.

Le mouvement de ses reins cesse brusquement. Je la regarde.

– Une conscience soudaine du péché ?

Elle s'écarte de moi, s'assoit.

– Il y a quelqu'un.

Par réflexe, je m'enfouis le sexe à l'intérieur du pantalon remonté et, en même temps, me retourne.

Par ce qui a été autrefois une porte, on peut apercevoir la moitié de la place. Un arbre masque la montagne sur laquelle l'arrière des maisons s'appuie. Un coin de ciel sur la gauche. C'est tout.

– Tu es sûre ?

Elle hoche affirmativement la tête.

– Qu'est-ce que tu as vu exactement ?

Elle indique un des piliers.

– Une silhouette à moitié cachée derrière. Elle a filé lorsqu'elle nous a vus.

Nous marchons au centre de l'ancienne nef et débouchons sur le parvis. Personne. Le vent siffle toujours, une note identique, modulée et légère.

– Je n'ai pas rêvé, dit Lorna, il y a quelqu'un.

Je contourne la partie éventrée de l'édifice, en fais le tour. Lorna est derrière moi.

Je la vois.

Une femme. Au milieu des tombes. Elle ne se cache pas. Elle porte une sorte de survêtement sombre à rayures, un capuchon est rabattu sur sa tête. Elle est de dos et tient dans la main une sorte de serpe pour couper les ronces.

– Bonjour !

J'ai haussé la voix. Elle m'a entendu et se retourne. Une vieille dame. Disons soixante-dix ans. Peut-être plus.

Ses yeux clignent dans la lumière trop forte pour elle. Le bord des paupières est rouge. Elle nous regarde approcher sans surprise. La lame en demi-cercle est rouillée à l'exception du fil qui brille au milieu des branchages coupés.

– Il n'y a personne ici, d'habitude.

Elle n'a pas la voix de son physique. Un son clair, jeune. Pas d'accent. Cette femme n'est pas née ici.

– Nous cherchons une tombe, dis-je, vous pouvez peut-être nous renseigner.

Elle se trouve devant une pierre penchée. La croix qui la surplombe a perdu une de ses branches, le crucifix a disparu depuis longtemps, la preuve en est la marque rouillée des attaches qu'elle montre de la pointe de sa faucille.

– On l'a volé, dit-elle, avec les statues. Il y en avait quatre dans le cimetière il y a encore quelques années, des gens venaient et on retrouvait tout ça dans des brocantes à Mende ou Aubenas. Aujourd'hui, il n'y a plus rien : que les pierres et les os dessous.

Lorna s'est approchée.

– Vous nous excusez pour tout à l'heure, dit-elle, j'espère qu'on ne vous a pas choquée...

Elle a un geste du bras que l'on peut traduire par « vous savez, de nos jours, plus rien ne m'étonne ».

– C'est pire l'été, avec les jeunes qui montent, ils font des fêtes, on entend leur musique de loin, il doit s'en passer de belles...

– Vous avez vécu dans ce village ?

– Douze ans mais j'en suis partie, j'habite à Caspanet maintenant, près du lac. Je reviens ici pour ma nièce, la fille de mon frère. C'est elle qui est là-dessous, elle est morte en 82. J'ai connu le village avec encore six familles, mais petit à petit elles sont parties l'une après l'autre. On ne pouvait pas rester ici, vous savez, c'était trop de pauvreté, trop de solitude...

Lorna lui sourit.

– Simon, dit-elle, Simon Calard, ça ne vous rappelle rien ?

La faucille se lève et retombe, un demi-cercle latéral,

des brindilles tombent, dégageant le granit couvert de mousse grise.

– Il habitait la Maison noire, dit la vieille dame, elle n'était pas noire, mais on l'appelait comme ça parce qu'il avait peint les volets avec du goudron, je ne me souviens pas bien de lui, il a dû mourir dans les années soixante-dix, quatre-vingt...

– Sa tombe est ici ?

Elle pose l'outil et le raclement du fer sur la pierre retentit, créant une sorte d'écho dans les vallées. Au-dessus de nous, le rapace plane toujours.

– Non, je m'en souviens. Vous savez, ici, à part les naissances et les morts, il ne se passait pas grand-chose, c'étaient même les seuls événements, alors ça marque. Tous ceux que j'ai connus et qui ne sont pas partis sont enterrés à Névrasque, mais pas lui : il venait d'ailleurs. C'est pour ça qu'il a eu du mal à se faire admettre, et puis, peu à peu, il a dû s'intégrer mais, quand il est mort, ils sont venus le chercher avec un corbillard.

Lorna s'est assise sur la sépulture, rien ne colle. « Je suis à Névrasque. » Simon Calard n'est pas à Névrasque.

– Vous ne savez pas où ils l'ont emmené ?

– J'ai dû le savoir mais je ne m'en souviens plus. Je travaillais à Privas à l'époque, je revenais ici le dimanche, et encore, pas toutes les semaines... Ça me faisait loin, et c'était pas pratique, c'est pas comme aujourd'hui où tout le monde a sa voiture.

– Vous voulez qu'on vous ramène, proposa Lorna, dès que vous avez fini ?

– Merci, mais mon neveu m'attend. Il est garé juste derrière votre auto, il me raccompagnera.

– Alors, bonne journée, et merci pour les renseignements.

Nous nous éloignons.

– Fausse piste, dis-je.

– Ou alors elle ment.

Lorna me surprendra toujours.

– Je me demande bien pour quelle raison elle le ferait.

– Moi aussi, mais justement. On peut se le demander.

– Arrête de lire des polars, dis-je, et suppose que ton pépé soit enterré ici, ça nous avancerait exactement à quoi ? Et qu'est-ce qu'on ferait ? Une violation de sépulture ? On prononcerait des formules magiques en effectuant des danses rituelles ?

– Tout de même, dit Lorna, on va pas s'avouer vaincus, n'oublie pas que Clara a parlé de Névrasque.

– Je sens que la migraine se repointe, dis-je. On redescend.

Une fois de plus je vérifie qu'il est plus fatigant de descendre que de monter. Derrière la voiture nous trouvons une camionnette garée. Une Peugeot dont le frein à main doit avoir des faiblesses si l'on en juge par les pierres qui bloquent les deux roues arrière : le véhicule du neveu.

La route est étroite et je dois manœuvrer serré pour me retrouver dans le sens de la pente. Lorna s'installe à côté de moi, songeuse.

– Où va-t-on ? dis-je.

Elle soupire, cherche une cigarette dans sa poche.

– À Caspanet, près du lac. La maison d'une dame née Belland.

Je n'ai pas demandé comment elle savait le nom, il était gravé sur la tombe de la nièce.

– Elle a pu être mariée, dis-je.

– Ça m'étonnerait. Tu n'as pas fait attention aux dates : sa nièce est morte à l'âge de huit ans.

L'âge de Clara. Aujourd'hui.

Elle avait menti

Arrivé dans ce genre d'endroit, j'ai toujours du mal à imaginer comment s'y déroulent les vies... Rien de plus simple apparemment, les jours succèdent aux jours dans le vent, le soleil, le clapotis des eaux et le calme des nuits. De vieilles tuiles recouvrent des toits fatigués de grimper sans espoir aux sommets des collines proches. Sur une presqu'île, le château s'endort dans la contemplation de son double miroitant que nulle vague ne trouble.

Il est cinq heures.

Nous avons saucissonné dans une auberge, à l'entrée du village, et nous avons vu arriver la voiture du neveu. Nous avons été servis par la chance. La Peugeot s'est garée devant la dernière maison, une ancienne bastide dont le jardin étroit descend dans l'eau en pente douce. La vieille dame avec laquelle nous avions parlé y est entrée. Cela m'a fait penser que les scénarios de polar tablent toujours sur la malchance. Le rôle de l'auteur est d'inventer des chausse-trapes sous les pieds du héros. Supposons un type qui cherche l'adresse d'une femme. Avant d'y arriver, des obstacles auront coulé sous les ponts : il l'aura perdue en cours de filature, elle aura changé de nom, il se sera fait assommer par un voisin, tandis que là... un bout de saucisson, un coin de fenêtre, et crac, elle rentre chez elle, tranquille, pas un seul bâton dans la moindre roue. La vie n'est pas une série noire.

Morlon au téléphone. Nous ne l'avons pas tenue au courant de nos pérégrinations, elle nous aurait évidemment encouragés mais je n'y tenais pas. Je la voyais déjà jubiler avec son vieux copain, notre présence ici étant la preuve que leur thèse nous avait convaincus, et je n'arrive pas à me résoudre à leur donner ce plaisir.

Elle m'explique que tout va bien pour Clara. Leïla s'en va, remplacée par une nouvelle assistante, et c'est souvent un moment difficile pour le groupe, le surgissement d'un nouveau visage peut entraîner des réactions d'affolement. Cela, cette fois, ne s'est pas produit. La nouvelle « a le contact », selon l'expression de Morlon. Difficile à analyser. Pourquoi quelqu'un, d'entrée, arrive-t-il à se faire admettre à l'intérieur d'un monde clos, et pas un autre ? Nous raccrochons sur cette interrogation que je formule.

Lorna aligne quatre peaux de saucisson sur la table de bois brut.

– Une question de don, dit-elle, je le sais d'autant mieux que j'ai toujours eu le sentiment douloureux de ne pas le posséder. Clara ne m'a jamais admise. Toi davantage.

Exact. Difficile à supporter pour une mère, aussi je ne prolonge pas la conversation sur ce sujet, une fille inconnue arrive et le pont-levis s'abaisse alors que Lorna reste à l'écart, maintenue loin des douves...

– Qu'est-ce qu'on fait ? dis-je. Et d'abord, pourquoi on planque devant la maison d'une brave mémé qui n'a strictement rien à voir avec notre affaire ?

– Si, elle a à y voir.

Lorna et son air soudain buté. Depuis qu'elle est

revenue, elle n'a pas eu encore cette expression. Je l'avais crue disparue.

– Explique-toi.

– Un truc m'a frappée, dit-elle, tu n'as pas fait attention.

– Qu'est-ce que c'est ?

Elle soulève le verre de bière posé devant elle et le repose, tentant de faire chevaucher régulièrement les auréoles : elles dessinent à présent une chaîne régulière de cercles.

– Elle a oublié de poser une question, dit-elle.

Elle sait être exaspérante. Ce n'est pas son moindre charme.

– Je crois que je vais te renvoyer à ton picador d'amour. Accouche.

Elle lève un index professoral.

– Un peu d'imagination : tu es un vieux type dans un cimetière de campagne, tu as connu la plupart de ceux qui sont allongés là. Arrive quelqu'un qui te demande l'emplacement d'une tombe en te donnant un nom. Qu'est-ce que tu fais ?

– Je le lui indique.

– Et c'est tout ?

J'ai encore à certains moments l'impression qu'une cigarette m'aiderait à réfléchir, pouvoir magique de la fumée déliant les neurones. Je résiste et commence à entrevoir où elle veut en venir.

– Si je suis un peu curieux, disons normalement curieux, je demande la raison pour laquelle cette personne cherche cette sépulture.

– Et ça se traduit par quelque chose du genre : « Vous êtes de la famille ? »

Des nuages sur les crêtes. Les orages doivent être

impressionnants dans la région, le lac forme entonnoir, et le tonnerre doit se répercuter dans les gorges.

– Lorsque j'ai parlé de Simon Calard, elle ne m'a rien demandé de tel, dit Lorna, je la regardais, elle a baissé la tête et continué à couper la broussaille, mais avant qu'elle ne cache son visage j'ai pu voir qu'elle était devenue pâle. Très pâle.

Je la regardais aussi à cet instant-là mais elle avait une sorte de capuche qui est retombée quand elle s'est courbée, et qui me l'a masquée.

– Qu'est-ce que tu en conclus ?

– Elle cache quelque chose. Quelque chose qui a trait à Calard. Il faut se renseigner davantage.

– Le problème, dis-je, est qu'elle est la seule piste, tous ceux qui l'ont connu dans ce village sont morts ou sont partis.

Lorna baisse la tête et s'absorbe dans l'entrelacs compliqué des auréoles qu'elle multiplie. Je réfléchis qu'il n'est pas question de rester trop longtemps, en cette saison, dans ce trou perdu. La méfiance doit monter très vite, un couple de fouineurs se repère rapidement.

– On retourne, dit Lorna, il faut trouver quelqu'un qui nous dise ce qu'était la vie là-haut, s'il y a eu des incidents, des histoires, soit parce qu'il les a vécus, soit parce qu'on les lui a racontés. La vieille est trop concernée, elle ne parlera pas, elle n'en a pas envie et rien ne l'y oblige.

La pluie.

Elle va noyer les berges du lac. L'eau tombe, vivante sur les eaux mortes, des cercles innombrables, déformés, reformés, sans cesse renaissants... La rumeur monte, le clapotement va devenir un grondement.

La femme qui nous a servis sort de ce qui doit être la cuisine, s'accoude au comptoir et fixe le déluge.

– C'est pas fréquent en cette saison, dit-elle.

Un fichu de laine bleu, le visage est épais, massif. Trop d'alcool ? Trop de journées semblables ? Depuis quand est-elle là ?

– Quand ça tombe comme ça, c'est rare que ça dure...

Lui arrive-t-il de prononcer des phrases qu'elle n'a pas déjà cent fois dites ? Le bruit est assourdissant à présent, le château a disparu sous le mur des gouttes.

– Vous pouvez nous faire deux cafés ?

Prisonniers dans une nasse dont nous ne sortirons plus. Tout a disparu derrière cette inondation verticale, le monde s'est enfui et nous ne le rattraperons jamais. Derrière se tient Clara. Clara et sa folie. Nous ne la sauverons pas.

Lorna fume, enchaînant cigarette sur cigarette. La patronne dépose les tasses devant nous.

– Ça vous fera patienter.

– Merci.

Elle doit boire seule, en douce, le verre sous le comptoir, à regarder le vide. Je n'aime pas cet endroit, il est..., quel est le nom qu'emploie Morlon déjà ? Anxiogène. Je ne sais pas à quoi c'est dû : une bâtisse récente, des chaises Formica devant des guéridons faux marbre. Elle a dû mettre là-dedans toutes ses économies, s'envelopper dans son fichu et attendre que la vie passe. Les murs gardent la trace de cette défaite... qu'est-ce que j'en sais ? Il faut se secouer et partir.

– On y va ? Ça a l'air de se calmer.

Lorna regarde le ciel d'étain et rit.

– Tu appelles ça se calmer ?

La pluie toujours, de longs rideaux incessants giflent

la surface du lac qui semble bouillir sous l'avalanche des cataractes.

– Quittons ce bled, dis-je, cet endroit me fout le cafard.

Nous sortons.

Dehors, la pluie frappe sur les tôles de la véranda, produisant un tambourinage clair et précipité. Nous restons immobiles quelques instants, hésitant avant de plonger sous l'averse. La voiture est à cinquante mètres, cela suffira pour arriver trempés jusqu'aux os. Les nuages au-dessus de nous ont pris des couleurs d'ecchymoses, une sale couleur de peaux meurtries.

– C'est étrange, dit Lorna, avant-hier je suis allée chercher Clara, je l'ai regardée au milieu des autres, j'ai eu l'impression, pour la première fois, qu'il y avait chez elle, comment expliquer... disons qu'elle m'est apparue comme branchée sur un voltage supérieur au nôtre. Il n'y avait pas déficit de pensée mais, au contraire, elle était le théâtre d'une incroyable quantité d'idées, d'envies, d'images qui l'assaillaient sans cesse, comme un boxeur acculé dans les cordes et prenant tous les coups. Il lui fallait se protéger et, pour cela, devenir aveugle, sourde et fermée, ne plus rien laisser entrer en elle, ne plus rien laisser naître, se réfugier derrière des barrières.

À travers les plaques ondulées, un ruissellement commence, des gouttes s'écrasent sur mon épaule gauche.

– Qu'est-ce que tu veux dire par là ?

– Elle est bombardée, poursuit Lorna, en permanence, et je ne sais pas la mettre à l'abri, ce doit être ça ce don que je n'ai pas et dont tu parlais tout à l'heure, introduire la paix dans une âme. Je crois l'aimer, ce ne doit pas être totalement vrai.

Tout va crever là-haut, des draps sales et tendus vont s'ouvrir et il en jaillira toute l'eau du ciel, comme le pus d'une blessure.

– Il est possible que tu ne l'aimes pas assez, dis-je, et alors ? Qu'est-ce que tu y peux ? On ne triche pas avec l'autisme, tu le sais bien. Te forcer ne servirait à rien. Quand tu as compris que tu ne lui étais pas utile et qu'elle te détruisait, tu es partie, et c'est exactement ce qu'il fallait faire.

Elle se tourne vers moi, une poussière d'eau nimbe ses boucles.

– Tu ne m'avais jamais dit cela.

– Pas pensé.

Sa tête sur mon épaule, son corps vibre contre le mien. Elle parle sans me regarder.

– Je n'y ai pas pensé non plus, dit-elle, mais merci de m'avoir accueillie à mon retour.

– Pas de quoi.

Elle rit. Il y a des traces sur ses joues. Larmes et pluie. De près, ses yeux sont si clairs qu'ils me surprennent toujours, malgré les années.

– Ne t'avise tout de même pas de recommencer, dis-je, un matador ça va, deux matadors, c'est trop.

Son bras m'enlace, du menton elle désigne la voiture brouillée par les voilages de l'averse.

– On y va ?

Je ne sais pas très bien comment ça s'est produit, il n'y a pas eu une accalmie subite, mais le vent a-t-il un instant écarté les rafales ? En tout cas, même si cela a duré à peine quelques fractions de seconde, j'étais sûr de moi.

– Attends.

Elle a dû sentir à ma voix que quelque chose venait d'avoir lieu car elle s'est tournée vers moi.

– Qu'est-ce qui se passe ?

– Je ne suis pas sûr à cent pour cent...

– Qu'est-ce qui se passe ?

Je connais sa capacité à répéter, sans varier d'une syllabe, la même question, tant qu'elle n'a pas obtenu une réponse.

– Quelqu'un est assis dans la voiture.

Je ne croyais pas cela possible, mais à cet instant la pluie a redoublé, les gouttes s'enfonçaient dans le sol en arrachant des giclées de boue.

– Tu n'avais pas fermé à clef ?

Bien sûr que non. Pourquoi l'aurais-je fait ? Nous n'avions pas croisé âme qui vive depuis notre arrivée dans le village.

– Quelqu'un s'est abrité, dis-je, il n'y a là rien d'extraordinaire.

Je ne crois pas à ce que je dis. Même sous une pluie battante, qui aurait l'idée d'aller s'asseoir dans une voiture inconnue, alors qu'à quelques mètres le renfoncement des portes offre des abris suffisants ?

– On sprinte, dit Lorna. Tu es bon à la course ?

– La dernière remonte à l'épreuve sportive du bac, à peine plus de trente ans.

– C'est simple, tu lèves les genoux alternativement, le plus haut et le plus vite possible.

Nous courons, main dans la main, comme des gosses sortant de l'école. L'eau ruisselle sur les vitres et le pare-brise de la voiture, impossible de voir à l'intérieur autre chose qu'une silhouette imprécise à l'arrière, qui se dissout et se reconstitue immédiatement pour disparaître à nouveau sous les remous des bourrasques.

J'arrache la portière avant et me rue à l'intérieur, Lorna fait de même. Je me heurte au volant et me retourne.

Elle est à l'arrière, tassée dans le coin droit de la banquette.

La vieille femme du cimetière.

Les reflets de l'eau sur les vitres nous enferment dans une lumière d'aquarium, les traits du visage que j'ai devant moi se font et se défont. Malgré les tambours qui cognent sur le toit et le capot, j'entends le bruit de nos respirations.

– Heureux de vous offrir un abri, dis-je.

Elle a repoussé sa capuche qui tombe sur ses épaules. Malgré les méandres de la lumière liquide qui zigzaguent sur son visage, je peux constater qu'elle ne me regarde pas. Elle fixe Lorna. Ses yeux semblent s'accrocher à elle comme si sa vie en dépendait.

– Vous saviez que nous viendrions ici, n'est-ce pas ?

Elle hoche la tête.

– J'ai cru d'abord que vous étiez des policiers, dit-elle, on voit ça dans les films à la télé, un couple qui mène une enquête. Et puis, j'ai compris que ce n'était pas ça.

Pourquoi des policiers ? Qu'est-ce qu'un duo d'inspecteurs serait bien venu chercher dans un bled pareil ?

– À quoi l'avez-vous compris ? demande Lorna.

– C'est quand vous avez parlé, un mouvement des lèvres. Vous ne lui ressemblez pas beaucoup, mais ça m'a suffi.

Les rafales viennent du nord à présent, elles prennent la vallée en diagonale, poussées par un vent rasant qui fouette la colline de milliards de lanières d'eau.

– Simon Calard était mon grand-père, dit Lorna.

Jamais elle ne m'a parlé d'une ressemblance physique avec lui. Peut-être vient-elle de l'apprendre, de la bouche de cette femme.

La main sort de sous le châle, se tend vers nous. Lorna est la plus rapide et la saisit dans la sienne.

– Je suis Noémie Belland, dit-elle. Pourquoi êtes-vous ici ?

– Rien de plus simple, dis-je, Lorna voulait voir la tombe de son aïeul.

Elle tourne son regard vers moi. Je sens qu'elle ne me croit pas, pourtant ce que j'ai dit se tient : rien d'extraordinaire à ce qu'un jour dans la vie d'une femme il y ait cette envie, ce désir de retrouver l'endroit où repose un membre proche de sa famille.

– Vous l'avez connu, n'est-ce pas ? demande Lorna.

Est-ce un reflet encore, ou ses lèvres se sont-elles réellement mises à trembler ? Lorna se penche au-dessus du siège et je m'aperçois qu'elle a gardé la vieille main dans la sienne.

– Oui, je l'ai connu. J'ai vécu avec lui dans la Maison noire.

– Longtemps ?

– Plusieurs années.

– Vous étiez amants ?

C'est la première fois que je la vois sourire. C'est là que sa jeunesse se tenait tapie, dans les coins de sa bouche, dans cet allongement soudain du regard, comme si, d'un battement de paupières, elle avait balancé d'un coup le poids oppressant des années. J'avais toujours ressenti cette émotion qui me faisait retrouver, dans le visage d'un vieillard, les traces d'un enfant oublié ou perdu, celui qu'il avait été autrefois et qui subsistait, le temps d'un étonnement, d'un sourire, d'un chagrin, cela variait pour chacun. C'était quelque chose que le cinéma m'avait appris, essentiel au fond : ce qui faisait que certains acteurs devenaient des stars, alors que la plupart restaient des comédiens, c'était l'enfance. Sous les traits du dur, du *bad guy*, du cowboy solitaire, naissait soudain un petit garçon malheureux, malicieux, rares étaient ceux chez lesquels se manifestait à l'improviste la trace du passé. C'était leur secret, leur trésor, leur richesse.

Noémie Belland tourna la tête et, un court instant, elle fut éclairée par la lumière de l'eau coulant le long des vitres.

– Oui, nous étions amants, il a été le grand amour de ma vie.

Elle savait raconter. Au fur et à mesure qu'elle dévidait son histoire, la pluie s'est calmée. Lorsqu'elle s'est tue, il ne restait plus qu'un fond de crachin rageur qui épuisait ses dernières forces à souffleter les toits du village, mais tout, bientôt, s'apaiserait et j'avais dans les oreilles le son de la voix de Noémie.

Elle avait été élevée chez les sœurs, elle avait appris les prières et la broderie. Sonneries de cloches et travaux d'aiguilles alternaient au long des jours avec, l'été, les promenades dans les rues de la sous-préfecture. Elle était revenue à Névrasque parfaitement athée, différente des paysans qui l'entouraient, décidée à fuir, à voir le monde qui ne se résumait pas à ces lopins de terre pauvre où son père s'épuisait pour les faire vivre. Elle avait trouvé un travail à la fabrique et rentrait chaque soir par les chemins de montagne. Elle allait au bal malgré les interdictions et avait giflé les costauds qui, après quelques tours de valse et fillettes de rouge, avaient voulu la culbuter près du torrent. Un an après son retour au village, avec ses économies, elle avait acheté un billet de train pour Paris, et elle devait embarquer à Privas, le jour était fixé : c'était un samedi. Dans la capitale, elle aviserait, elle avait une adresse de cousins, d'une copine du pensionnat qui lui avait écrit et l'attendait, comme elles se l'étaient promis les soirs de chuchotements dans le noir du dortoir aux plafonds en ogive...

Elle avait entamé sa dernière semaine et puis, le mardi, Simon avait emménagé dans le village. Personne ne savait d'où il venait. Il était l'étranger.

En trois jours, ils s'étaient regardés trois fois et n'avaient pas échangé quatre mots, mais le jour de son départ, elle avait jeté son billet au milieu des flammes du foyer au-dessus desquelles réchauffait la soupe, dans le chaudron de fonte.

Le dimanche, elle était allée chez lui (il devait avoir près de vingt-cinq ans de plus qu'elle) et elle lui avait expliqué qu'elle avait failli partir la veille pour Paris, et que si elle était encore là, c'était à cause de lui. Il l'avait regardée, s'était approché d'elle et lui avait fait l'amour toute la journée.

Cela avait duré douze ans. Jusqu'à la mort de Simon.

Ils s'étaient cachés au début, mais, peu à peu, ça s'était révélé inutile, elle était devenue Noémie Calard sans qu'il lui eût été nécessaire, pour cela, de passer devant le maire et le curé. Le village s'était vidé, lorsque la maladie avait frappé son compagnon, seuls trois feux demeuraient autour d'eux, près de s'éteindre. Simon avait subi des opérations, et il était revenu mourir là-haut, dans la maison de Névrasque, entre ses bras.

Je ne pouvais m'empêcher de la regarder, il y avait eu ça dans sa vie, ces années bourrées d'amour dans ce bout du monde. Ils étaient presque seuls, tout était à eux, ces ruelles, ces murs éboulés, cette place envahie d'herbes folles, les fleurs du printemps, les cascades d'hiver, le silence et le vent, les fournaises de l'été, les cigales et la blancheur des murs sous les lunes pleines, le monde sur un plateau, et elle devait être belle alors.

– Il écrivait des romans, vous savez, ça se déroulait

toujours dans le futur, ça dépendait des saisons, on montait parfois dans les rochers : vers un coin d'ombres fraîches qui sent la menthe, ou on restait à la maison, il avait fabriqué une table avec des tréteaux et il me dictait... Un soir, il a brûlé des manuscrits qu'on lui avait refusés mais il s'obstinait...

L'écriture, c'était elle. Cela expliquait cette calligraphie soigneuse apprise chez les sœurs, une enfant studieuse, penchée sur un cahier, et des années plus tard, cette folie qui durait et dont ils ne se lassaient pas.

Les collines étaient leur chambre, leur univers. Il y avait le potager dans une des restanques derrière la maison, et ils descendaient de temps en temps pour les provisions, peu de chose, l'essentiel... Ils se baignaient l'été dans les conques de pierre qui creusent la montagne, parfois ils dormaient sur les terrasses, sous les étoiles dont Simon connaissait le nom.

– Je chantais à l'époque, c'était lui qui me le demandait, tous les matins au réveil, été comme hiver : « Chante, Noémie, chante. » Je n'avais pas un grand répertoire mais ça ne le gênait pas d'entendre toujours le même, il aimait ma voix, c'est ce qu'il disait... Moi, je préférais quand il inventait, des histoires qui se déroulaient à l'autre bout du monde, à l'autre bout de l'avenir. On voyageait très loin, sans quitter Névrasque.

» Quand il est mort, j'ai prévenu les gens d'en bas, je me souviens que le maire est venu, celui de Russane parce que Névrasque faisait partie de sa commune. J'ai aussi téléphoné à son fils, votre père, qui est venu. Il a dit que son père voulait être incinéré, ce qui a eu lieu, à Privas. Je ne sais pas si c'était vrai, Simon, même malade, ne s'était jamais occupé de ce genre de chose, nous n'avions jamais parlé de la mort, on avait bien trop à faire avec la vie.

Et la pluie s'est arrêtée. D'un coup. Il y a eu comme un soupir sur les pierres et, dans les herbes, un soulagement.

– J'ai pris quelques affaires, des vêtements, pas grand-chose, j'ai laissé tout le reste : la table, les chaises, le lit. Je suis partie sans même fermer la porte et je n'y suis revenue que cinq ans plus tard, pour entretenir le caveau de famille. Je ne suis jamais retournée dans la Maison noire. Même aujourd'hui, lorsque je monte là-haut, j'évite de la regarder. C'est trop de souvenirs, trop de bonheur et trop de peine.

Depuis qu'elle a commencé à parler, Lorna ne l'a plus quittée des yeux, je ne l'ai pas regardée mais je sais que, peu à peu, son regard s'est adouci et qu'il retient à présent comme un sourire.

– C'est une belle histoire, dit-elle, vous n'avez jamais quitté le pays ?

– Jamais. Je n'étais pas très vieille lorsqu'il est mort, mais je savais que ma vie était finie, que ce qui allait suivre ne compterait pas. J'ai laissé les années couler en moi, je ne suis pas une femme triste, vous savez, je chante encore le matin lorsque je sais qu'il me le demande. J'ai l'air d'être seule comme ça, ce n'est pas vrai, on ne s'est toujours pas quittés, il est avec moi à toute heure du jour, dans le soleil, les orages et, comme maintenant, dans le silence de la pluie arrêtée.

Elle s'est tue. Je me suis détourné d'elle et, à travers le pare-brise, je pouvais à présent voir la route.

J'ai cherché dans le rétroviseur le visage de Noémie, c'était celui d'une vieille dame aux yeux embués qui avait vécu un superbe roman d'amour. Il m'avait secoué.

Je me suis demandé alors pourquoi j'étais à peu près certain qu'elle avait menti.

Un silence aussi profond

– Tu déconnes.

Je décide de ne pas répondre. Il est bon parfois de se concentrer sur les détails du papier peint. Je n'aurais pas dû lui dire que je ne croyais pas Noémie, je n'ai d'ailleurs rien de solide sur quoi m'appuyer, une impression simplement, et vague en plus. J'aurais dû la garder pour moi.

– Ce doit être de la déformation professionnelle, dis-je, les trop belles histoires ne me paraissent pas vraies. Elle a trop insisté sur leur couple, leur solitude à deux en pleine nature, à bouffer du fromage de chèvre, des tomates du jardin et à baiser le reste du temps, c'est Adam et Ève son histoire, douze ans à gambader dans la montagne, à se baigner à poil dans les torrents, ce côté Robinson Crusoé...

– Et alors ? Tu juges son récit comme un scénario et tu n'as pas ta part de rebondissements, alors tu le refuses, moi je ne trouve pas ça impossible.

– En tout cas, elle a menti la première fois en disant qu'elle ne savait pas où ton grand-père reposait.

Lorna s'assoit en tailleur sur le lit et affiche un sourire navré.

– Je suis triste pour toi, je ne comprends pas que tu en arrives à un tel stade de mauvaise foi, elle nous a dit ça pour se débarrasser de nous, elle ne tenait pas à révéler qu'elle avait partagé la vie de Simon, mais lorsqu'elle a réalisé qui j'étais, c'est elle qui est venue à nous sans qu'on lui demande quoi que ce soit.

Un hôtel à Privas. Nous avons failli ne pas l'atteindre, toutes les routes étaient inondées. Par moments, le ciel gronde encore vers l'est.

Paris demain. Nous partirons de bonne heure.

– Quoi qu'il en soit, dis-je, on a échoué sur toute la ligne et la piste est rompue. Qui est à Névrasque ? Si ce n'est pas ton grand-père parti en fumée, alors c'est qui ?

Sur le marbre de la commode, sous l'abattant, il y a une cuvette et un broc. Je ne savais pas que ce genre d'engin existait encore. Une frise court autour du plafond. Le sommier grince.

– Si on fait l'amour là-dessus, dit-elle, on va réveiller tout le département. En plus, tout est humide, je suis sûre que les draps sont mouillés, ça te dérange si je garde mes chaussettes ?

– J'avais envisagé de ne pas retirer mon pantalon, je vais également conserver mon anorak...

– Une nuit chaude se prépare. Telle est la vie des amants fous de désir, une nuit dans un hôtel pourri et leur libido se fait la malle.

– Ils nous ont aimablement prévenus à la réception, dit Lorna, le chauffage est en panne.

– Ils ont dû penser qu'on ne s'en apercevrait pas...

Elle s'enroule dans une couverture lie-de-vin, récupérée sur le haut de l'armoire, allume une cigarette et ferme les yeux.

– Je pensais à quelque chose.

– C'est le froid, dis-je, le sang coule plus vite dans les veines pour compenser la déperdition de chaleur, et il stimule davantage les neurones.

– C’est sans doute idiot, dit Lorna, mais tu m’as raconté qu’on n’était pas arrivé à hypnotiser Clara, qu’elle ne s’était pas endormie.

– Exact.

– Pourquoi ne pas l’interroger alors qu’elle dort déjà ?

L’orage s’éloigne : un éclair court en direction des nuages mais il n’y a aucun bruit qui le suit...

– Puisqu’ils savent lire sur les lèvres, qu’elle a déjà dit une phrase, elle doit pouvoir en dire d’autres, répondre à des questions.

La chambre était laide, la lumière diffusée par un plafonnier de néon plombait les couleurs, c’était un lieu où n’avaient dû se poser que des choses tristes, voyageurs solitaires vite endormis, une chambre spéciale insomnie avec tuyauteries gargouillantes et cloisons en contreplaqué pour bien entendre le voisin gémir dans son sommeil, et Lorna au milieu, ma sauvegarde adossée au bois du lit bouffé par les termites.

Elle a trouvé une solution pour avancer : pas sûr que cela réussisse, pas sûr du tout, mais Clara est la seule clef qui nous reste, la seule qui puisse renouer les liens brisés.

Je me souviens d’avoir dormi très peu cette nuit-là, entortillé dans un pull-over. Le vent se glissait par les montants mal joints de la fenêtre, et quelque chose grinçait dehors, quelque chose de métallique et de rouillé, une poulie, un gond de porte, je n’ai jamais su. Je la tenais contre moi, emmitouflée, et j’ai rêvé sur le matin. Simon et Noémie... ils étaient dans une des maisons en ruine, le feu brûlait dans la cheminée, de maigres bûches. C’était lui qui écrivait, elle se tenait derrière lui et je distinguais mal son visage dans la lueur des flammes. La nuit était tombée et il n’y avait que la danse rousse du reflet des braises sur son front : elle s'approchait de lui et j'ai vu un objet dans sa main droite, je pouvais voir les jointures blanches de son poing fermé. J'aurais pu compter les taches de vieillesse sur sa peau.

Je me suis réveillé en sursaut et ce n'est qu'à ce moment-là que j'ai compris qu'elle tenait la serpe avec laquelle je l'avais vue débroussailler la tombe.

Lorna a soupiré et s'est lovée davantage, elle a levé un bras devant ses yeux et je me suis demandé si elle ne cherchait pas ainsi à se protéger d'un spectacle insupportable, si nous n'avions pas fait le même rêve... Et l'aube s'est levée.

Nous sommes partis très tôt. Café tiédasse, croissants de l'avant-veille. Nous avons fait le plein sur l'autoroute près de Valence. Lorna a appelé Morlon et lui a expliqué son idée. Morlon a accepté de tenter l'expérience, précisant toutefois qu'elle en parlerait avant à Zafran : il pouvait y avoir des inconvénients qu'elle ignorait, il lui fallait avoir l'assurance que cela ne représentait pas un danger pour Clara. Elle rappellerait.

Il faisait beau sur Paris, un azur délavé. Malorin m'a dit qu'il avait plu ici aussi durant le week-end, mais que cela n'avait pas entraîné de retard sur les tournages en cours. Il y avait cependant un problème avec les comédiens des *Pimbêches*. Une des filles avait une scène chaude avec son partenaire et n'arrivait pas à tourner avec lui : lorsqu'il la prenait dans ses bras, elle oubliait son texte. Luccio avait supprimé le texte, elle avait alors été prise d'une sorte de crise d'asthme. La confessant, il était parvenu à lui faire dire qu'elle ne supportait pas le contact des bras de son partenaire autour d'elle. Il lui avait exposé la difficulté à tourner une scène d'amour sans contact physique, d'autant que le rôle qu'elle interprétait était celui d'une délurée. Elle était convenue qu'en effet il y avait problème puisque, depuis la lecture du scénario, elle avait caché qu'elle était couverte de plaques d'eczéma. Elle avait signé le contrat avec des gants, mais elle était coincée : si elle se trouvait avec ce type à poil dans un lit, elle craignait d'être prise d'une crise de tétanie. Avec l'eczéma en prime, cela faisait beaucoup. J'ai demandé à Malorin si une rallonge financière ne suffirait pas à la guérir, il a rétorqué qu'à son avis la médication relevait davantage du coup de pied au cul.

Tout cela était stupide, mais le film n'en était pas moins bloqué. Je me suis souvenu de la nuit précédente passée avec Lorna, et j'ai appelé le scénariste, lui demandant de récrire la scène avec les deux acteurs emmitouflés. Très conciliant, il a convenu que mon idée était excellente mais qu'il allait, dès la fin de notre conversation, se tirer une balle dans la tête si on changeait une virgule de son histoire. Situation bloquée. Malorin a, une fois de plus, juré tous les dieux du ciel qu'il ne produirait plus que des dessins animés et des reportages sur la fabrication des moissonneuses-batteuses...

Je suis rentré tard. Tout de suite, j'ai compris qu'il y avait du nouveau. Lorna avait cette lumière dans le regard qui ne me trompait pas.

– Qu'est-ce qui se passe ?

Elle m'a tendu un whisky à deux glaçons.

– Morlon est d'accord. Son copain a donné le feu vert, il juge que c'est une bonne idée.

Je n'ai pas dû manifester un enthousiasme suffisant car elle a paru étonnée.

– Ce n'est pas une bonne nouvelle ?

– Je n'en sais rien.

J'ai eu conscience de doucher un peu son exaltation, et nous avons trinqué en silence. Elle a pris la parole après la première gorgée d'alcool.

– Nous nageons en pleine folie, je suis d'accord avec toi. Ce truc de réincarnation est abracadabrant, mais il y a quand même, dans tout cela, une vérité indéniable.

Je savais ce qu'elle voulait dire, et je l'ai dit :

– Névrasque.

Elle a opiné. La gosse en avait parlé, et c'était là qu'avait vécu Simon Calard. C'était une preuve, elle bouleversait l'édifice, mais elle était là : aucune explication rationnelle ne pouvait en rendre compte, on pouvait même en déduire que la réalité n'était pas rationnelle.

Elle a posé son verre et est venue vers moi.

– Elle peut guérir. Je le sens depuis quelque temps. Si on trouve, elle guérira.

Je l'ai prise contre moi. Il me fallait la calmer, une tension la parcourait, une vibration que je ne connaissais pas.

– Je le veux, dit-elle, s'il y a une chance sur dix milliards, je la jouerai, quitte à y laisser jusqu'à la dernière goutte de mon sang.

– On ne te le demande pas, dis-je. Tout va bien se passer.

Je me demande ce que j'entendais par là, mais j'étais prêt à lui assener les formules les plus éculées pour faire retomber son exaltation.

Huit jours se sont écoulés avant que nous ayons des nouvelles du centre. L'orthophoniste qui lisait sur les lèvres ne voulait pas passer une nuit ou plusieurs loin de chez elle. De plus, Lorna avait fait remarquer que

Clara dormait dans le noir, même une lumière de faible intensité risquait de la réveiller, voire de la traumatiser et de fausser complètement l'expérience.

En fin de compte, c'est Lorna qui a trouvé la solution : l'enfant serait filmée durant son sommeil en caméra infrarouge : un travail technique dont je pouvais m'occuper. Il ne nous avait pas échappé, au cours des nombreuses nuits où nous l'avions veillée, qu'elle se retournait assez souvent dans son sommeil, on ne pouvait donc pas se contenter d'une caméra fixe : il fallait quelqu'un, en l'occurrence moi, pour cadrer son visage, plus particulièrement sa bouche. Les mots prononcés, s'il y en avait, seraient décryptés ensuite.

Tout a été mis au point, Clara s'endormait d'ordinaire vers vingt heures, après l'absorption de ses derniers cachets du jour. Morlon, Zafran et moi interviendrions une heure plus tard, durant la période du sommeil paradoxal, Zafran poserait ses questions mises au point avec Lorna. La séance durerait une heure, je continuerais à filmer au cas où un temps de latence surviendrait.

Le matin du jour fixé, j'ai senti une inquiétude rôder. Je ne suis pas parvenu à m'en expliquer la raison. Une sorte de révolte sourde du bon sens, peut-être. À quoi cela allait-il pouvoir m'avancer de la filmer endormie, de la faire répondre à des questions ? Tout cela ressemblait de plus en plus à une séance de sorcellerie. Si nous continuions sur cette voie, nous allions bientôt avoir affaire à un exorciste ou à un désenvoûteur.

Tout tenter, bien sûr, cela résume parfaitement l'état d'esprit du couple parental acharné à sortir sa gosse de son enfer, mais je pense que, ce matin-là, mon malaise venait de ce que j'avais l'impression d'aller trop loin...

Sur le tournage des *Pimbêches*, rien ne s'améliorait,

c'était au tour du comédien auquel on avait appris avec ménagement les problèmes rencontrés par sa partenaire quand il s'approchait d'elle, d'affirmer qu'il était victime, à chaque répétition, d'une crise d'urticaire. Eczéma plus urticaire, Malorin s'était demandé s'il n'allait pas abandonner le cinéma pour monter une clinique de dermatologie... J'avais dû embaucher un nouveau scénariste qui semblait ne jamais pouvoir dépasser une vitesse de croisière de deux répliques la journée.

J'ai emprunté ce soir-là une caméra DVD équipée pour tournage en infrarouge, et me suis senti d'une humeur massacrante : en ce début du XXIe siècle, en plein monde occidental, civilisé et rationalisé, nous allions nous adonner à une expérience quasi magique...

Pour la première fois depuis de nombreuses années, les heures qui ont suivi ne s'écoulaient pas. Même en essayant de fixer mon attention sur des problèmes de comptabilité et l'établissement de devis, je n'arrivais pas à me sortir de la tête que la nuit à venir serait inquiétante.

Vers 4 heures, je me suis rendu dans le bureau de Malorin pour un break, il émergeait de la lecture d'un scénario.

– Les fantômes sont de retour, dit-il, ça fait le quatrième en moins de quinze jours, tu ne peux pas tourner la page sans voir un spectre sortir du placard et cavaler dans les escaliers.

– Ça dure depuis Méliès, il y a des hauts et des bas, mais les revenants n'ont jamais déserté les écrans.

Il a suçoté le capuchon de son stylo et pris cet air très particulier qu'il adopte lorsque, mentalement, il ouvre un tiroir-caisse et se livre à la contemplation d'un amoncellement de liasses de billets de cent dollars.

– On a quelque chose de solide sur le thème dans nos tiroirs ?

– Pas vraiment.

Il a paru déçu et j'ai pensé à ce moment-là que, s'il se doutait de quelle façon j'allais passer la nuit, il serait capable de me commander un synopsis. Il s'est contenté de se laisser aller à philosopher sur le goût des générations successives à se régaler d'histoires d'outre-tombe, de fantastique et de supra-normal. Il a fini son monologue en tranchant :

– Vous me direz que c'est la part poétique de l'individu qui se satisfait de ces contes à dormir debout, et moi je vous rétorquerai que c'est la preuve que les siècles passent, que les générations se renouvellent et que nous sommes toujours aussi cons.

– On peut voir ça comme ça, dis-je, c'est peut-être un peu simplificateur, mais il y a du vrai.

Je suis sorti de son bureau et j'ai décidé de rentrer plus tôt que d'habitude. L'une des conséquences serait de me permettre de circuler plus vite, mais, pour une raison inconnue, Paris était bouché et il n'était pas dix-sept heures. Lorna n'était pas là, j'étais seul. J'ai vérifié le bon fonctionnement de la caméra et j'ai attendu. Je n'avais jamais capté un silence aussi profond.

LIVRE III

Derrière la Maison noire

La définition de l'image est parfaite.

Il y a une dominante verte. Cela me rappelle des films de guerre sur le Viêtnam où le sniper détecte l'ennemi à abattre à travers le viseur de sa lunette infrarouge.

En ce moment, pas de guerriers sur l'écran, pas de jungle épaisse, juste un visage d'enfant, plein cadre, celui de Clara. Elle dort.

Nous sommes réunis dans le bureau de Morlon. C'est l'heure où l'intensité lumineuse faiblit, mais les rideaux ont tout de même été tirés. Nous sommes tous là : Morlon, Zafran, Lorna, moi et Sarah Kepmal, la spécialiste des sourds-muets. Lunettes d'écaille et bonne bouille de rigolote patentée, c'est la nénette à faire rire tout un dortoir après l'extinction des feux.

Le « film » dure deux heures. J'ai dû changer trois fois l'axe de la caméra : lorsqu'elle se retournait, je me dépêchais, de crainte qu'elle ne dise quelque chose tandis qu'elle bougeait. Au cours de ces moments-là, l'image danse et devient plus floue durant quelques secondes.

Pendant toute la durée de la projection, on entend la voix de Zafran, elle est lointaine car nous avons baissé le son. De façon inlassable il répète trois questions avec peu de variantes. « Qui es-tu, Clara ? » est la plus fréquente, les deux autres sont « Qui est à Névrasque ? » et « Que fais-tu à Névrasque ? »

J'ai déjà vu le film.

C'est à la quarante-troisième minute que quelque chose se passe. C'est tout au moins ce qu'il m'a semblé. Les lèvres bougent. Cela dure quelques secondes et, tout de suite après, Clara cligne des paupières, qui s'entrouvrent avant de se rendormir. J'ai eu l'impression que quelque chose l'avait gênée, une lumière, comme si elle avait pris conscience de ma présence dans la pièce.

J'ai proposé à Sarah Kepmal et aux autres d'en venir directement à cette partie du film, mais Sarah a refusé avec juste raison : il aurait pu se faire que certains mouvements m'échappent, une simple contraction des lèvres peut exprimer un son, voire un mot entier.

Nous arrivons au moment qui m'apparaît comme décisif. Je choisis de ne pas les prévenir, ils s'en apercevront bien eux-mêmes.

Je recule ma chaise dont les pieds grincent sur le parquet. Morlon, qui est la plus éloignée de l'écran, se penche.

« Qui est à Névrasque, Clara ? »

Lorna se redresse brutalement.

– Là, elle dit quelque chose !

Je vois la nuque de Sarah s'incliner à deux reprises.

– Stoppez, dit Zafran, il faut revoir ce...

Sarah se tourne vers moi, les verres de ses lunettes se sont emplis de la lueur verte et tremblée qui naît de l'écran : quelques instants, j'ai l'impression que ses yeux y nagent, poissons transparents prisonniers de leur aquarium.

– Non, dit-elle, je préfère voir l'ensemble. Je reviendrai là-dessus.

Un quart d'heure encore et l'écran devient neigeux. C'est terminé. Zafran s'étire, Morlon éclaire la pièce.

– Vous avez pu lire quelque chose ?

– Non.

Sarah Kepmal n'est peut-être pas si rigolote qu'elle en a l'air. Elle a répondu sèchement.

– Je vais revoir cela tranquillement, dit-elle, il faut que je me repasse le moment où elle semble s'exprimer un nombre de fois suffisant pour que j'arrive à décoder, ce qui n'est d'ailleurs peut-être pas possible. Avez-vous laissé, ce soir-là, le chauffage dans sa chambre ?

Je regarde Lorna qui cherche visiblement à se souvenir mais n'y parvient pas.

– Je ne crois pas, dis-je, nous fermons régulièrement les radiateurs avant de la coucher, sauf quand il fait trop froid, ce qui n'était pas le cas le soir où nous avons enregistré. Mais pourquoi cette question ?

– Le chauffage peut provoquer une déshydratation entraînant chez le sujet la sensation de soif qui s'exprimera par des mouvements buccaux, le dormeur cherche à apaiser l'impression de sécheresse ressentie en ouvrant et refermant la bouche, langue passée sur les lèvres pour les humidifier, etc.

– Je ne crois pas que ce soit le cas, intervient Lorna, je ne suis pas spécialiste mais il me semble bien que Clara dit des mots à ce moment-là.

– Donnez-moi deux jours, dit Sarah, peut-être un peu plus, et vous aurez la réponse, tout au moins je l'espère.

Elle quitte la pièce très vite, avec cette brusquerie maladroite des gens qui ne savent pas partir, n'ayant pas la souplesse nécessaire à une politesse convenue. Son départ a été si rapide que j'ai cru qu'elle allait laisser la cassette.

Zafran nous a quittés également. Dès qu'il a eu le dos tourné, Lorna s'est adressée à Morlon :

– Est-ce que vous avez pratiqué des expériences semblables sur d'autres autistes ?

Morlon a regagné son fauteuil derrière son bureau.

– Personnellement, non.

– Avez-vous connu les résultats de certaines de ces tentatives sans y avoir été vous-même impliquée ?

Morlon prend un stylo sur la table, le repose, le reprend.

– Écoutez, dit-elle, je suis médecin, je dirige cette branche de l'hôpital de jour, je suis psychiatre de formation, il faut que vous compreniez que je n'ai pas une propension particulière à évoquer ce genre d'expérience à laquelle se trouve mêlée une dose d'irrationnel ; ce pourrait être suffisant, si cela s'ébruitait, à me faire avoir de sérieux ennuis avec ma hiérarchie.

– Je comprends, dit Lorna, de toute façon nous n'irons pas crier sur les toits que vous nous avez entraînés sur les chemins du surnaturel, merci pour Clara et pour nous de ne négliger aucune voie explicative... Mais je vous repose ma question : à part Dandworth et nous, existe-t-il d'autres cas où l'on a eu recours à cette méthode ?

Morlon, malgré la déclaration de Lorna, ne semble pas moins nerveuse... De quoi a-t-elle peur ? D'être victime d'une chasse aux sorcières ? « Au lieu de balancer des neuroleptiques à ses malades, le docteur Morlon a recours à la thèse d'une vie antérieure. » Je comprends sa crainte, elle pourrait, si la chose s'ébruite, se faire virer du monde médical.

– Il existe un autre cas, dit-elle, mais celui-là est sujet à caution. Dandworth était médecin, Sandor Malink ne l'était pas. Il a laissé un compte rendu adressé à la faculté de médecine de Vienne. Il n'avait pas confiance en celle de Budapest. Nous sommes en

1943 et les autorités, les médicales comme les autres en Hongrie, sont sous régime nazi. Il a appris, je ne sais comment, que le président de la faculté viennoise est un Autrichien libéral, et c'est à lui qu'il s'adresse : quelques feuillets où il narre son expérience.

– On ne fume pas, chez vous ? demande Lorna.

– Si vous m'en offrez une, dit Morlon, on sort et je vous raconte l'histoire. Il y a un coin derrière la chapelle où l'on ne nous verra pas.

– Banco.

Je les suis. Un gravier recouvre les allées de l'établissement. Vieille bâtisse, on peut se perdre dans le dédale des couloirs. Jardin encore minéralisé par le froid. Au centre, une chapelle Napoléon III. Sinistre.

Lorna tend son paquet à Morlon qui prend une cigarette et abrite des deux mains la flamme du briquet. Elle renverse la tête, lâche une bouffée, se permet un sourire crispé et attaque :

– Sandor Malink était fonctionnaire à la Chancellerie. Un lettré. Il a traduit Tacite en langue hongroise. Il est effacé, discret, célibataire : on a retrouvé une photo de lui datant des années trente, il porte un col cassé, un pardessus trop grand, une canne et un melon. Il ressemble à Kafka.

Elle fume vite, trop vite, comme si elle avait peur de se faire prendre.

– Il ne fréquente personne, sinon sa voisine du dessous qui est peut-être sa maîtresse, mais impossible en lisant son journal d'en être certain. Cette femme, qu'il appelle Milna, a un enfant, Lazlo. Le garçon, d'une dizaine d'années, est autiste. Il est facile de le comprendre, en lisant la description qu'il fait de son comportement. Manifestement, c'est un cas d'école.

Il fait froid. De l'endroit où nous nous trouvons, des

portes s'ouvrent sur des murs gris de pierre meulière. L'édifice a été construit à une époque où les hôpitaux ne devaient pas, dans la tête des architectes, être très loin de l'univers des prisons et des casernes. Qu'y a-t-il derrière ces murs ? Des cellules ? Des salles de classe ? Des chambres de malades ?

– Sandor Malink décide de s'occuper de Lazlo. Peut-être pour plaire à sa mère. Bien que ce ne soit pas son métier, il s'est intéressé par curiosité aux travaux concernant le monde de la folie. Les journaux en parlent, il les lit et il est passionné, particulièrement par le phénomène de l'hypnose. C'est à la mode à l'époque, elle représente un espoir certain dans le traitement des maladies mentales : il cite Bleuler et Charcot qui l'ont pratiquée. Il décide de l'expérimenter sur le jeune Lazlo.

Lorna laisse tomber le mégot à ses pieds et l'écrase du talon.

– Et alors ?

– C'est là que l'on ne peut plus le suivre, dit Morlon.

– Qu'est-ce qui s'est passé ?

– Il a endormi le gosse à l'aide de la flamme d'une bougie. Il lui a demandé de faire certains gestes, de lever un bras, de se lever, de se rasseoir, tout ça sans succès.

Je me sens mal à l'aise et j'ignore pourquoi, j'appréhende la fin sur laquelle elle traîne, je sens qu'elle ne tient pas à prolonger le suspense, mais qu'elle recule le moment de raconter quelque chose qui la gêne.

– Allez-y, dit Lorna, videz l'abcès.

Morlon nous regarde l'un après l'autre. Il y a un début de flétrissure de la peau sous les paupières : un papier trop fin qui vient de se froisser. Je m'aperçois à ce détail qu'elle est plus âgée que je ne l'avais cru.

– Il a menti, dit-elle, je ne sais pas pourquoi mais il a menti.

– Que s'est-il passé, bon dieu ?

Je pose ma main sur l'épaule de Lorna pour la calmer.

– Il a réveillé le garçon, il lui a commandé de se réveiller mais avant, il s'est aperçu d'une chose qui lui avait échappé, parce que tout se déroulait dans la pénombre d'une pièce, tout à coup, je ne sais pas ce qui s'est produit, la flamme de la bougie a dû s'allonger, et il a pu se rendre compte que... que ce n'était plus le même visage qu'il avait devant lui.

Elle s'est tue.

– Je ne comprends pas, dis-je, vous voulez dire que ce n'était plus Lazlo ?

– Un autre, dit Morlon, c'est ce qu'il écrit dans son carnet, c'était un autre : un autre nez, une autre bouche, d'autres yeux... Après le réveil, il a retrouvé Lazlo et, à chaque fois, ce fut pareil, comme si l'enfant perdait son identité physique en état hypnotique.

Lorna s'exclame :

– Parce qu'il a recommencé l'expérience ?

– Trois fois, dit Morlon, et ce fut pareil à chaque séance, je me souviens des mots exacts que Malink emploie : « Un visage montait de l'intérieur et prenait la placc du visage habituel. »

– Et il a pensé à expliquer le phénomène par la réincarnation ?

– Oui. Comme Dandworth. Il a consigné ses impressions et il a arrêté pour une raison que l'on comprendra aisément : il était terrorisé. Il raconte avoir demandé conseil à Dieu dans ses prières et, manifestement, Dieu a dû lui déconseiller de continuer.

Machinalement Lorna sort son paquet de cigarettes

de la poche de sa canadienne et le tend à Morlon qui, non moins machinalement, en prend une deuxième.

– Il n'y a rien à déduire de tout cela, dis-je, ou bien ce type était cinglé, ou bien il a voulu se rendre intéressant, ou plus certainement il a été sa propre victime : l'obscurité, la lueur dansante d'une bougie, selon l'angle et les éclairages il peut y avoir des déformations du visage...

– Supposons l'inverse, dit Lorna, supposons que ce qu'il a vu soit vrai, le gosse n'est plus le même, un autre apparaît. Cela veut dire que l'autre créature qui est en lui prend sa place. Pour Clara, c'est le langage qui se fraie un chemin à travers elle, pour ce garçon c'était une physionomie, mais dans les deux cas le processus est le même.

– Je n'aurais pas dû vous raconter cette histoire, dit Morlon, elle ne repose sur rien de scientifique.

Un fonctionnaire marchant, la nuit tombée, sur les quais glacés du Danube, rentrant chez lui et, assourdis par l'épaisseur des murs et des tentures, les cris du petit voisin, incessants, ininterrompus, que pouvait devenir un autiste dans la Hongrie du régent Horthy au début de la guerre ? À l'asile, dans une cage, nu, attaché, la nuit, à sa paillasse pourrissante par des sangles de cuir, alors il cherchait, le petit Sandor, gratte-papier de la Mitteleuropa, ce qu'il pourrait faire pour se rendre utile, pour s'attirer le regard de la jolie maman... Et puis il a trouvé ça : l'hypnose. Ça ne coûtait rien d'essayer, c'était aussi intelligent que les douches glacées et les doses de laudanum à coucher un cheval. Il y a un scénario là-dessous, un film d'ombres et de froid, avec un vieil acteur, fragile et vaincu... Déformation professionnelle.

– Comment avez-vous eu vent de cette histoire ?

Morlon se tourne vers moi, tire sur le filtre jusqu'à

ce qu'il n'y ait plus un seul millimètre de tabac à fumer.

– Les archives de la faculté de médecine de Vienne ont gardé le compte rendu, il est classé dans la rubrique des pathologies lourdes chez l'enfant.

– Que sont devenus les protagonistes de cette histoire ?

– Je l'ignore, dit Morlon, un demi-siècle a passé, sans doute sont-ils morts et...

Pourquoi s'arrête-t-elle soudain ? Qu'est-ce qui la bloque ?

J'ai l'intuition qu'elle regrette d'avoir parlé, qu'elle sait quelque chose et qu'elle n'arrive pas à le dire.

– Ils sont morts, dit-elle, Sandor en 1963, Milna dix ans plus tard, le petit Lazlo est décédé à la fin de la guerre, le jour de ses quinze ans.

– Pourquoi hésitiez-vous à nous le dire ? demande Lorna.

– Parce que vous connaissez quelqu'un que cette histoire touche de plus près que moi.

– Zafran ?

Elle a un geste d'assentiment.

– Il est le fils de Sandor et de Milna, le frère de Lazlo qu'il n'a jamais connu.

C'est à mon tour de piquer une cigarette.

– Je commence à comprendre l'intérêt du Dr Zafran pour tout ce qui touche à l'autisme.

– Pourquoi ne porte-t-il pas le même nom ?

– Que Sandor ? Ils ne se sont jamais mariés, Zafran est le patronyme de sa mère.

Bizarre histoire, tout de même. Je me demande dans quelle mesure elle n'est pas dangereuse pour nous, ou tout au moins inquiétante. Le but du fils n'est-il pas de réhabiliter, à tout prix, les thèses du père ? A-t-il suffisamment de lucidité pour rester objectif dans cette histoire ?

Nous sommes rentrés à pied ce soir-là, Lorna et moi, un soleil d'hiver baignait la ville, elle semblait barboter dans une lumière bienveillante. Un ciel condescendant lui faisait ce cadeau, sans raison, un éclairage luxueux illuminait les quais, les fenêtres s'étaient toutes cuivrées et, sur le Pont-Neuf, le fleuve traînait des moires de vieil or. Paris est ainsi, il se fait oublier et, parfois, il lâche les portes d'une splendeur unique, pour que nous sachions qu'il reste l'une des plus belles villes du monde... Nous avons marché dans un air roux et soyeux tandis que, vers l'est, le ciel s'incendiait.

J'ai eu envie de dire à Lorna que j'étais heureux de marcher à ses côtés, en ces moments où les rues tournent au décor de théâtre : tout allait flamber bientôt, avant que le jour ne s'apaise dans l'eau noire de la nuit.

Je me réveillais quelquefois encore bien avant l'aurore, et je savourais son retour, le fait qu'elle soit proche à nouveau, c'était une fête que je n'épuisais pas. Ce soir, c'était flambeaux et fanfares, nous étions au cœur d'un scintillement miraculeux. J'en oubliais presque Sandor, Lazlo, Milna et Zafran. Nous n'en avons pas parlé jusqu'à la maison. Son bras était contre le mien, le ciel était rouge, nous marchions et nous étions les maîtres du monde.

– J'aimerais ne jamais mourir, dit-elle, être réincarnée en n'importe quoi, à condition de revivre des soirs identiques à celui-là.

– Pas sûr qu'on se retrouve, dis-je, si tu es une carpe et moi un lapin, le rapprochement sera difficile.

– J'aime quand tu philosophes, on dirait une émission télévisée : « Êtes-vous pour ou contre la réincarnation ? »

J'ai dû lui répondre une bêtise quelconque car je me souviens qu'elle a ri, et j'ai pensé alors que le malaise qui s'était insinué en nous, à la naissance de Clara, n'avait pas reparu depuis son retour. Ce malaise était diffus, stupide mais explicable : un jour, une nuit, nous nous étions aimés et nous avions donné naissance à une enfant, cette enfant était différente des autres, c'était le moins que l'on pût dire... La question était : qu'est-ce qui avait merdé ?

J'avais suffisamment observé ma fille pour me rendre compte d'un dégât terrible dont nous étions la cause directe : tout se mélangeait en elle, elle ne structurait rien, les sons étaient des lumières, les lumières des odeurs, les odeurs des bruits, il n'y avait pas de fond ni de forme. J'avais eu l'impression, parfois, lorsque je me penchais vers elle, de ne pas me détacher du mur devant lequel je me trouvais... Et c'était au moment où nous avions baisé que ça s'était produit : Clara, fruit de l'amour... de quoi se foutre la tête contre les murs.

Nous avions posé la question, bien sûr, à Morlon et à d'autres. Si nous avions un autre enfant, comment serait-il ? La réponse avait été : normal. Alors ?

Nous en avions fini avec la culpabilité, avec les regrets, les années nous avaient libérés de ces pensées folles et mauvaises et, que nous le voulions ou non, l'espoir était né.

Il était infime : cette piste bizarrc, tortueuse, invraisemblable que nous suivions, nous orientait vers l'avenir. C'était ce qui comptait et nous faisions tout pour la maintenir. Ce voyage, ce film, et tout en cet instant était suspendu à ce coup de fil que nous donnerait Sarah Kepmal. Nous attendions quelque chose ayant un rapport avec Clara. C'était nouveau.

Cornier avait acheté de la charcuterie, et nous avons

saucissonné sur un coin de table en buvant du vieux bordeaux. Paris saignait de toutes ses artères et, à chaque seconde, le vermillon du soir devenait un pourpre crépusculaire.

– Tu sais pour quelle raison je suis partie ? dit Lorna.

– Le charme de Manolete.

Elle versa une nouvelle rasade dans nos verres.

– Non, dit-elle, beaucoup de choses ont joué, mais il arrive que les plus importantes restent le plus longtemps cachées et je ne m'en suis aperçue que récemment : je suis partie parce que j'avais peur de ne plus l'aimer.

J'avais éprouvé ça aussi, les gosses bénéficient la plupart du temps d'un taux d'amour énorme, une sorte de réserve, un lac... Mais ils l'entretiennent, le développent sans le vouloir par leur babillage, leurs grimaces, leurs risettes, leurs pleurs, leurs mimiques rigolotes, attendrissantes, leurs premiers pas, leurs premiers mots. Nous, nous n'avions pas cela, Clara ne pouvait pas raviver la flamme, elle ne pouvait qu'entretenir notre compassion : son malheur amplifiait le nôtre, nous le renvoyait, exacerbé, mais peut-être est-il impossible d'aimer totalement un être que nous ne pourrions que plaindre...

– Je voulais la revoir, dit Lorna, cela me déchirait mais, je peux l'avouer à présent : je ne suis pas revenue pour elle, mais pour toi.

Le sang du ciel se coagule... L'autisme est, pour une mère, une trahison de la nature, un crime inqualifiable, ce n'est pas cela qu'elle voulait. Peu l'admettent, ils se retranchent plutôt derrière une éthique, un devoir, une religion, Lorna n'a pas marché dans la combine, elle a crié sa rage par sa fuite, ce soir par des mots que tous jugeraient effroyables, et qui, pourtant, expriment cette vérité si banale : l'amour n'est pas miraculeux, il est fluctuant, il peut faiblir, grandir, renaître, mourir. Il n'est pas indépendant du sujet auquel il se rapporte. Pardon, Clara, pour cet égoïsme, pardon pour...

Le téléphone a sonné. Sur le tournage des *Pimbêches*, le premier assistant de réalisation s'était pété une cheville en sautant entre les câbles.

– Écoutez, dis-je, vous avez sans doute dû remarquer qu'il y a dans l'équipe deux assistants, un premier et un deuxième. Si le premier fait défaut, vous le remplacez par le deuxième, et vous lui dites de regarder où il met les pieds pour éviter les entorses. Ça me paraît simple.

– Ça paraît mais ça ne l'est pas. Le réalisateur ne veut pas du deuxième comme premier parce qu'il pense que le stagiaire est plus dynamique, donc il veut votre accord pour...

Je laisse la voix se perdre en éloignant l'écouteur de mon oreille, et le coupe :

– Passez-moi François.

– Il est encore sur le plateau.

– Demandez-lui de m'appeler dès qu'il a fini.

Je raccroche et m'enfile un demi-verre de saint-émilion. Le regard de Lorna m'interroge.

– Le cinéma dans toute son horreur, dis-je. Parmi les obstacles qui guettent le tournage d'un film, le pire n'est pas l'incendie des studios : il y a les assurances. Ni la mort ou le départ d'une des vedettes, il y a toujours des solutions de remplacement. Ni le manque d'argent : il y a toujours des banques. Non, l'obstacle majeur porte un nom : c'est la susceptibilité. À quelque hauteur de l'édifice que ce soit, s'il y a entre les rouages de la machine un seul grain de susceptibilité, tout s'écroule. C'est aussi simple que cela. N'importe quel type qui se lance dans la production devrait remplacer ses années d'apprentissage par des stages de diplomatie.

Le téléphone a ressonné et j'ai décroché à nouveau, rassemblant toutes mes ressources de plénipotentiaire, et j'ai murmuré « allô » d'une voix onctueuse.

– Sarah Kepmal à l'appareil.

– Bonsoir, Sarah, je n'espérais pas que vous appelleriez si tôt.

Lorna a tressailli et reposé son verre sur la table sans y avoir touché.

– J'ai travaillé, en fait c'est plus facile de décoder à partir d'un film que d'une observation directe. Cela s'explique aisément : le gros plan sur la bouche, la possibilité de revenir en arrière, d'autres facteurs plus techniques. Avant tout, je dois vous dire que je n'aime pas beaucoup ce genre de travail.

– Je ne comprends pas, c'est pourtant le vôtre...

– Je veux dire : dans ces circonstances précises. J'aime bien Morlon, c'est pour elle que j'ai fini par accepter, mais je sens une drôle d'ambiance dans cette histoire, je n'arrive pas à me l'expliquer à moi-même. J'ai l'impression de participer à quelque chose avec quoi je ne suis pas d'accord et, en fait, j'ignore pourquoi.

Qu'est-ce qui lui arrive ? Elle ne va pas refuser de coopérer, sous le prétexte de ne pas connaître tous les tenants et aboutissants de l'expérience.

– Je crois vous comprendre, dis-je, nous nous embarquons pour un voyage dont nous ignorons la destination, mais s'il y a la moindre chance que Clara...

– Je sais tout cela.

Elle s'est tue. Il existe un silence particulier des téléphones, il est fait d'une multitude de sons infimes s'annulant les uns les autres, il reste une mer lointaine, intense, lourde de dangers en attente.

– Je sais tout cela, mais il me semble que nous allons déclencher quelque chose d'énorme, de monstrueux...

– Clara est une enfant, dis-je, il n'est pas...

– Vous devriez lire les maîtres de la sagesse indienne. Il en existe de nombreux mais, bizarrement, ils semblent tous d'accord sur un point : le monde sera sauvé par un enfant.

Cinglée. Elle aussi. Qu'est-ce que c'est que cette histoire ? Elle est une technicienne, une spécialiste des sourds-muets, on lui a confié un travail, et elle doit nous en fournir les résultats, sans nous bassiner avec les Upanisad, Tagore et les milliers de dieux qui pullulent entre Bénarès et Madras.

– D'accord, dis-je, cette histoire est troublante pour vous, je le conçois, davantage pour nous et...

Il est dit qu'elle a décidé de m'interrompre :

– Je ne travaille pas avec les autistes, je n'en suis pas spécialiste, mais je sais au moins une chose : ils n'ont pas les signes extérieurs du langage. Leur langue, leurs lèvres, leur glotte ne forment pas les sons qui sont les nôtres et...

– Sauf Clara, dis-je. Sarah, je comprends vos scrupules et j'admettrais que vous arrêtiez de participer à cette expérience si elle vous trouble, mais ce qui est fait est fait.

– Je n'ai pas dit que je refusais de participer à l'avenir, mais avouez que...

– Sarah, j'avoue tout ce que vous voudrez. Dites-moi quels sont les mots que vous avez lus sur les lèvres de ma fille.

Moi aussi, je sais interrompre le fil du discours et glisser un filet d'impatience dans ma voix.

Je me suis alors aperçu que je n'avais pas appuyé sur la touche permettant à Lorna de suivre la conversation. J'ai réparé mon oubli.

Aujourd'hui je peux avouer que ce qu'a révélé Sarah Kepmal a coupé ma vie en deux. Depuis il y a deux parties dans mon existence. Au cours de la première, j'avais cru qu'il n'existait qu'un seul monde : l'univers naturel. Parfois, pour le fuir, par jeu, par désir, par envie, les hommes en fabriquaient un autre, le surnaturel. Il avait toujours été pour moi le fruit de leur imagination, de leurs frustrations : il n'existait pas en lui-même.

À partir de ce que venait de dire Sarah, tout a basculé. Ce qui n'avait, jusqu'à présent, aucune réalité venait d'en acquérir une et je sentis un effroi intense m'envahir alors que j'écoutais la voix de l'orthophoniste. Elle avait pris le ton particulier de ceux qui lisent un procès-verbal.

– À la question du docteur Zafran répétée quatorze fois « Qui es-tu, Clara ? », il n'y a aucune réponse. À la question répétée dix-sept fois « Qui est à Névrasque ? », pas davantage de réponse. À la question « Que fais-tu à Névrasque ? », la réaction a lieu après la quatrième demande, et elle ne se produira qu'une seule fois, bien que la question soit réitérée douze fois encore.

J'ai senti en cet instant les ongles de Lorna sur mon bras, à travers ma veste.

– L'enfant a dit : « Je suis derrière la Maison noire. »

Pour la dernière fois

Elle n'est pas entrée dans l'église.

Le décor ne convient pas. Toujours les réflexes professionnels. Si j'avais eu à tourner l'histoire, j'aurais situé cette scène à la nuit tombante, dans une chapelle de campagne désaffectée, de préférence avec hibou dans la toiture et autel effondré.

Au lieu de cela, un parvis ouvrant sur la place encombrée, klaxons, embouteillage et grand soleil brouillé tartinant l'avenue d'un jaune d'omelette, jusqu'aux premières barques sur le port.

Marseille. Église des Réformés.

Derrière les arbres nus, un monument belliqueux fait face aux grilles, la Canebière miroite. Des retraités sur des bancs somnolent, malgré le froid, dans un univers de rideaux de fer et d'abandon. Est-ce que les quartiers agonisent ?

– On y va, dit Lorna, tu me laisses faire.

Feu rouge. Nous traversons.

Quatre jours que nous sommes partis.

Névrasque d'abord. Ça s'imposait. Nous nous sommes retrouvés derrière la Maison noire : des ronces, des rochers et la falaise. Des buissons séchés qui doivent atteindre deux mètres de haut : totalement impénétrables. Il y avait trois châtaigniers dont deux étaient morts, il n'y avait apparemment pas moyen de parvenir jusque-là, même de loin on les voyait envahis par la végétation et bouffés par le lierre. Nous avons renoncé à trouver quelque chose, il aurait fallu une débroussailleuse, tout au moins une faux.

Nous avons filé vers Caspanet, chez Noémie. On en salivait déjà : « Vous ne nous avez pas tout dit, Noémie, qu'y a-t-il derrière la Maison noire ? Vous devez le savoir, vous y avez vécu des années... » Envolée, Noémie, chaînes à la grille, maison fermée.

En vrais limiers, nous avons foncé chez le neveu, l'homme à la camionnette Peugeot : elle était garée devant chez lui. Il était à table, c'était midi pile. On mange tôt dans les provinces...

Il a commencé par refuser de dire où se trouvait Noémie, Lorna a fait fort : elle a prétendu qu'elle avait de l'argent à lui remettre, elle avait retrouvé un testament olographe de Calard, ce n'était pas grand-chose, l'équivalent de dix mille euros, mais ça ferait toujours plaisir à Noémie, elle serait sensible au geste aussi.

Le neveu a froncé les sourcils.

– Elle m'avait dit qu'il lui avait tout laissé, la maison dans la montagne avec les meubles et tout.

Il en faut plus que ça pour déstabiliser Lorna.

– Il possédait aussi un livret de Caisse d'épargne, il a fait des petits...

Il a réfléchi, a terminé son assiette en la torchant avec un morceau de pain, puis il a reculé sa chaise contre le mur.

Dans le fond de la cuisine, une femme, la sienne sans doute, briquait le dessus d'une cuisinière avec un chiffon d'un bleu d'azur. Une étagère qui courait sur tout le mur était couverte de produits d'entretien, pour décaper les fours et laver les vitres : elle était parée pour la décennie. Il faut dire que tout resplendissait dans leur carrée.

Le neveu réfléchissait, et puis Lorna a asséné l'argument décisif :

– Je comprends que vous respectiez le désir de Mlle Belland de ne pas révéler son nouveau domicile, je vais remettre l'affaire entre les mains d'un notaire qui entamera une procédure de recherche, ce qui entraînera des frais, vous savez comment ça fonctionne...

Manifestement, il devait le savoir parce qu'il s'est versé un demi-verre à dents de rosé, et a dit :

– 38, rue Saint-Pierre, à Marseille.

Nous y étions le lendemain. Une rue ancienne, on sentait qu'elle avait vécu et durement, il était passé sur elle bien des étés et bien des mistrals, cela se voyait à la peinture craquelée des volets, à une fatigue des pierres. Les trottoirs y étaient étroits et les passants vieillissants. On avait envie de ne marcher que sur la pointe des pieds, tellement les pavés avaient servi : ils allaient craquer sous le poids des hommes et des années, et nous tomberions dans les Enfers qui se tenaient juste en dessous...

– Regarde ! C'est elle...

Je peux faire confiance à Lorna pour ça. La silhouette marchait devant nous et je l'ai reconnue à mon tour : Noémie partait en promenade. Nous ne l'avions pas vue sortir de chez elle. Nous avions deux solutions : l'aborder ou la suivre. Nous ne nous sommes pas concertés, nous avons décidé de la suivre.

Elle a traversé un marché en plein vent et nous avons pensé qu'elle allait errer un peu entre les légumes, acheter des poireaux, des carottes, et revenir, mais non, Noémie Belland ne s'intéressait manifestement pas aux légumes, elle a coupé au plus court au milieu des étalages et des appels des vendeurs : « elle est belle ma clémentine, elle est belle et pas chère... ». Elle a traversé en diagonale et est ressortie tout en haut d'une rue en pente qui dévalait sur le boulevard. La ville était ainsi, escarpée, surprenante. Nous avons continué la filature, et c'est là que nous avons débouché sur les Réformés.

Noémie est entrée dans l'église, sans hésitation. On pouvait en conclure, rien qu'à la voir, qu'elle venait là souvent, en habituée. Elle n'avait rien d'une grenouille de bénitier, Mlle Belland, on ne pouvait pas dire, connaissant un peu son passé, que sa vie se prêtait à l'observance stricte des lois de l'Église, mais on ne sait jamais avec les êtres humains.

Nous sommes entrés à notre tour.

C'est toujours étrange de pénétrer dans ces lieux, on passe de la lumière à la pénombre, de la vitesse à l'immobilité, des espaces conquis à l'espace perdu, du vacarme au silence...

Et puis, on prend conscience de son propre encombrement. Notre pas qui s'est ralenti essaie de s'alléger pour ne pas faire gronder sous les voûtes le tonnerre de nos semelles. Entrer dans une église, c'est se découvrir intrus, ces lieux ne sont pas faits pour nous... Je ne suis pas croyant, Dieu m'est toujours apparu comme l'une de ces aimables inventions qui permettent aux faiblards du bulbe de supporter leur vie en général, et leurs vicissitudes en particulier, en les persuadant que ce sera mieux ailleurs, plus tard... Mais je dois avouer qu'à chaque fois que je pénètre dans une église, j'ai le secret espoir de rester scotché sur les dalles par une illumination soudaine, gavé jusqu'à la garde d'une foi plénière, immédiate, qui règle d'un coup toutes mes interrogations, en donnant en même temps son sens réel à ma vie...

Ça a toujours échoué lamentablement. Je fais des efforts, je me concentre, je me laisse envahir par l'odeur de l'encens, par la lumière paisible tombant des vitraux, par la majesté écrasante des colonnes et des statues, rien à faire, je ressors aussi mécréant que j'étais entré.

Lorsque Lorna et moi avons franchi le sas des portes capitonnées, j'ai retrouvé cette qualité de gravité suspendue qu'offrent les lieux saints. Là-bas, près d'une chapelle latérale, un prie-Dieu a été déplacé et, en grinçant sur le sol, il réveille un couinement qui emplit toute la nef et se propage, comme si un chariot dévalait les travées.

Lorna me désigne la rangée de droite. Noémie est assise là, près du transept, seule, immobile.

Peu de fidèles. Un vieux type somnole dans un coin, entre ses doigts sa casquette se balance, ses yeux sont lointains, à quoi pense-t-il ? À Dieu ? À lui-même ? À la vie qui a passé ?

Nous convenons à voix basse que Lorna ira seule, pour la confiance, et puis, isolée, elle fera moins flic qu'avec moi.

Je me cache derrière un pilier et je la regarde opérer. Elle s'avance dans une travée, celle qui est juste derrière Noémie, elle s'assoit, décalée d'une place.

D'ici, je vois la vieille dame se retourner, la reconnaître, se redresser, quitter la travée, Lorna la suit. Elles s'arrêtent, Noémie a un geste de recul. C'est foutu, elle va partir, nous ne saurons rien.

Lorna s'accroche, je n'entends même pas le murmure de leurs voix. Noémie se rassoit.

Plus lentement, Lorna s'installe à côté d'elle, si proche que leurs épaules se frôlent.

Je recule dans le bas-côté. C'est parti, il ne faut pas que Noémie me voie : ne pas perdre sa confiance.

En prenant toutes les précautions pour rester invisible, je sors de l'église.

Dehors, le soleil illumine toits et capots de voiture, un double fleuve métallisé descend et monte de la mer, une odeur grimpe jusqu'à moi : iode et gaz brûlés, la ville.

Que venait chercher Noémie Belland dans cette église ? La paix ? Un rachat de son âme ?

Je fais3 quelques pas sur les marches et je lorgne du côté de la place. Il y a un bistrot, de là je pourrai surveiller la sortie de Lorna. J'ai envie d'un café.

Je traverse entre les voitures et plonge sur une banquette de moleskine défoncée. Lorna apparaît vingt minutes plus tard, descend vers moi.

– Alors ?

– Un café d'abord et je te raconte.

Le café commandé, Lorna attaque sans faire monter le suspense.

– On va voir si tu ferais un bon flic, dit-elle : ils ont vécu ensemble, presque isolés du monde dans les débuts, entièrement sur la fin, ils s'aimaient, ils baisaient partout et tout le temps. Devine ce qui leur est arrivé ?

J'avais pensé à cela depuis longtemps, depuis la première fois où j'avais rencontré Noémie.

– Un enfant, dis-je.

– Gagné. Tu es nommé commissaire principal. Ils ont eu un enfant, une fille.

– Cela ne répond pas du tout à la question.

Le café est brûlant, d'un noir d'encre dans la faïence trop blanche.

– Ça a été plus long pour lui faire sortir la suite.

– Et quelle est la suite ?

Elle essaie de la dissimuler, mais une lueur de triomphe rôde dans ses pupilles.

– La suite répond à la question : la gosse est morte quand elle avait quatre ans et ils l'ont enterrée derrière la Maison noire.

Je repose ma tasse. Nous y voilà. C'est le moment de ne pas lâcher les rênes à notre belle imagination.

– Où, derrière ?

– Il y a trois arbres. Les châtaigniers qu'on a vus. Ils l'ont mise entre les racines du troisième, celui qui est le plus à droite lorsqu'on a le dos contre la maison. Il y avait un sentier pour s'y rendre, il a dû s'effacer mais il y a peut-être moyen de passer. Il faudrait y retourner.

– Pourquoi cet endroit ? Pourquoi pas le cimetière ?

– Ils n'ont pas voulu parler de cette mort. S'ils en avaient parlé, il aurait fallu un curé, des déclarations à la mairie, tout ce que, lui, refusait. D'ailleurs, ils n'avaient même pas déclaré la petite, ils auraient eu des ennuis, ils ont décidé de l'enfouir sous le châtaignier. Elle avait les larmes aux yeux en m'en parlant, elle m'a dit textuellement : « Dans le cimetière ou en dehors, c'était pareil pour nous, ça n'atténuait pas le chagrin. »

Je les imagine tous les deux, immobiles, enlacés devant le grand arbre marquant les limites de ce village mort, perdus au monde, recroquevillés sur leur chagrin, devant la tombe de...

– Comment s'appelait-elle ?

– Angélique.

Angélique des collines. Quatre ans.

– De quoi est-elle morte ?

– Un empoisonnement. Elle a mangé des baies sauvages, des champignons, ils n'ont jamais bien su. Ils ont tenté de la faire vomir mais elle n'a pas repris connaissance. Quand je lui ai demandé s'ils n'avaient pas essayé d'appeler à l'aide, de faire monter un médecin, elle m'a dit que c'était inutile, qu'elle était morte très vite.

– Peut-être ont-ils paniqué ?

C'est ce qui avait dû se produire. Ils étaient devenus des sauvages, des ermites, ils étaient parmi les derniers à habiter encore ces lieux. Dès que sa grossesse avait été apparente, elle n'était plus descendue, c'était lui qui faisait les courses et remontait ce qu'il fallait.

– Elle a accouché seule, avec son aide à lui, ils n'avaient besoin de personne, ni pour vivre ni pour mourir... Elle ne m'a même pas demandé comment j'avais deviné, elle était stupéfiée, c'était son secret à elle et à lui, personne d'autre n'était au courant, et tout d'un coup quelqu'un arrivait et posait des questions...

J'ai fini ma tasse. Les autobus qui descendaient l'avenue semblaient plonger droit sur le café et s'en détournaient à la dernière seconde, les roues frôlaient l'arête du trottoir.

– On fait le point, et on essaie de rester sains d'esprit, dis-je. Si on accepte la thèse de Morlon, Clara nous indique que se trouve, à un endroit précis, quelqu'un dont elle est la réincarnation. Il apparaît que ce quelqu'un est une fillette. Parfait. Alors je pose la question : maintenant qu'on est là, qu'est-ce qu'on fait ?

Entrée à cet instant dans le bistrot de deux employés des postes. L'Olympique a fait match nul hier soir, à domicile en plus, contre des minables.

– Quand on n'arrive pas à battre des minables, ça veut dire qu'on est encore plus minable qu'eux. Un demi.

– Ils ne sont pas minables, ils ont les pieds carrés, c'est pas plus compliqué, et quand je dis carrés, je suis gentil.

Je les écoute malgré moi : peut-être certains accents, certaines intonations créent-elles plus de chaleur que d'autres... Malorin a tenté, il y a quelques années, de monter une série sur le foot pour France 2. Il n'a jamais réussi. Je m'en suis occupé un moment, on a échoué pour une raison toute bête : difficile de trouver un acteur qui soit un bon footballeur, ou un footballeur qui soit un acteur valable. Ça n'a pas abouti.

– Je ne sais pas plus que toi ce que nous devons faire, dit Lorna, le mieux serait de demander à Clara.

– J'y ai pensé mais je n'aime pas cette solution, Sarah Kepmal refuserait cette fois, et puis, je t'avoue qu'il y a dans ces séances quelque chose de troublant, que je n'aime pas. J'ai peur aussi pour Clara, nous ne sommes pas sûrs qu'il n'y ait aucun danger pour elle à plonger ainsi dans un domaine interdit au commun des mortels. Elle franchit une frontière et nous ignorons quelles traces cela peut lui laisser.

– Il y a un appel au fond de tout cela : « Je suis derrière la Maison noire » n'est pas qu'une information pure et simple, ça veut dire autre chose.

– Quoi ?

Ses yeux ne me lâchent pas.

– Tu le sais, dit-elle, pourquoi ne le dis-tu pas ?

Les deux types au comptoir discutent toujours football avec le patron. Ce sera dur contre Lyon, surtout avec onze paires de pieds carrés.

– Ça veut dire : « Sors-moi de là. » Mais pour aller où ?

– Pas loin, dit Lorna, à deux cents mètres, en terre consacrée : dans le cimetière.

Les deux postiers rient dans les paillettes jaunes du soleil, les vitres des bus renvoient les rayons à l'intérieur de la salle mitraillée par des éclats de lumière.

– C'est ce que tu veux : déterrer un corps pour l'enterrer un peu plus loin ?

– Ce n'est pas ce que je veux, c'est ce qu'il faut faire. J'y ai réfléchi : je ne vois pas à quoi d'autre nous pourrions être utiles...

– Tu n'y penses pas, dis-je, c'est un squelette à présent, un squelette de gosse qu'il faudra dégager.

Les yeux de Lorna sur moi, en cet instant, condensent les rayons qui s'entrecroisent dans la salle.

– Pense à Clara, c'est elle qui doit nous guider, elle seule.

– Attends, dis-je, on va trop loin. Tu n'as jamais cru une seule seconde à cette histoire de terre consacrée, pas plus que moi.

– Ce n'est pas parce que je n'y ai pas cru, toi non plus, qu'elle est fausse.

Sa main agrippe la manche de ma veste.

– Il existe des légendes, des tas d'histoires qui courent, des âmes qui rôdent parce qu'elles ne reposent pas en terre chrétienne.

Je retire mon bras. J'en ai marre, à la fin.

– Je veux bien remettre plein de choses en question, mais il ne faut quand même pas exagérer : on ne guérira pas Clara en changeant des ossements de place.

– Qu'est-ce que tu en sais ?

– Foutons le camp.

Je n'attends pas la monnaie et sors. Les clients, perdus dans l'élaboration d'une tactique permettant à l'OM de triompher à coup sûr jusqu'à la fin des temps, ne remarquent même pas notre départ. Lorna me suit. Je panique parce que je sais déjà qu'elle ne cédera pas, qu'elle a déjà décidé de remonter jusqu'à Névrasque, et qu'avec moi ou sans moi elle sortira Angélique de terre, avec ses ongles s'il le faut, et la déposera de l'autre côté de la chapelle, en terre sainte. Je sais aussi que si je ne l'accompagne pas dans cette besogne, elle ne me le pardonnera jamais.

Nous descendons le quai de Riveneuve en direction de l'hôtel. Je suis vanné, terrifié à l'idée d'accomplir ce travail macabre. Nous repartirons demain. Il faudra acheter une pelle, un sac... l'horreur.

Elle m'a rattrapé, me prend le bras, tente de ralentir ma marche.

– Je peux y aller seule, si tu ne peux pas le faire, je le comprendrais, ce sont des choses qui ne se commandent pas, ne te sens pas coupable.

J'ai stoppé net.

– Tu sais pourquoi je t'ai épousée ?

– Parce que j'étais ravissante et que tu étais fou de mon corps splendide...

– Pas du tout, dis-je, c'est parce que j'ai eu immédiatement l'intuition que la vie avec toi serait une suite ininterrompue de moments comiques, et que les temps à venir seraient pleins de rigolades.

– C'est exactement ce qui se passe, malheureusement tu manques tellement d'humour que jouer les fossoyeurs ne te fait même plus rire.

– En y réfléchissant, je commence à trouver ça désopilant, dis-je. Puisqu'on est là je t'offre une bouillabaisse sur le port.

– Jamais à Marseille, c'est de la bouffe pour touristes.

Nous avons suivi le quai en direction des Forts, l'eau miroitait, violette, et les barques dansaient. Nous nous déplacions à l'intérieur d'une carte postale, la colline de la Vierge descendait vers la mer, étrange ville où, dans l'éclat survolté des calanques, les diamants de granit des falaises croulaient vers une eau améthyste. Il y avait de l'extravagance dans tout ça, une exagération spectaculaire des îles et de la mer.

Pourquoi ai-je eu l'impression, au cours de cette promenade, que les klaxons étaient plus des signes de connivence que des effets de l'énervement des conducteurs ?

– Offre-moi un verre, dit Lorna, et oublions.

Nous nous sommes installés dans la touffeur de l'hôtel. Un pianiste traînait les doigts sur le clavier, par la baie la ville s'étendait, cernée par son fond de collines. La nuit viendrait vite à présent. On devinait la longue faille de la Canebière entre les maisons, une tranchée persistante qui allait s'illuminer.

– Champagne, dit Lorna, je n'aime pas trop mais ça fait chic.

Les bulles montent dans nos flûtes.

Je la regarde. Je ne me suis jamais habitué à la possession d'une femme. Nous ferons l'amour tout à l'heure comme nous l'avons fait hier, avec cette folie, cette démesure, ce ravage, et là, dans la lente douceur des notes égrenées, il n'existe que ce sourire, cette ligne des épaules, de la hanche, cette voix qui s'élève, ce geste pour remettre en place ses cheveux, ce bracelet qui cliquette... Quel rapport entre les deux, l'être tendre et policé, sirotant son verre devant la ville qui s'endort derrière le fourmillement des mots, et celle que tu as été hier, que tu deviendras tout à l'heure, acharnée, rendue... Bravo pour le mystère, bravo pour l'incompréhension, tout est parfait ainsi, on ne se lasse jamais, sans doute, des êtres qui peuvent apparaître si différents d'un instant à l'autre et que réunit, seul, le fait d'être unique et précieux... Lorna jamais la même, Lorna qui ne ressemble à personne.

Demain sera terrible. Raison de plus pour profiter d'aujourd'hui.

Je ne sais pas très bien de quoi nous parlons. Cela n'a pas d'importance, c'est pour la musique, la douceur du sourire et le frôlement, c'est l'approche douce. Nous nous lèverons tout à l'heure et nous dirigerons vers les ascenseurs, des yeux nous suivront, envieux peut-être : « Ceux-là, je parie ma chemise qu'ils vont s'envoyer en l'air. » Gagné.

Voilà, c'est l'heure des premiers lampadaires.

Une cigarette encore sur la terrasse. Il fait froid mais qu'importe. Il est bon de laisser monter les orages.

Elle me sourit. Ce sont des instants de grande connivence, je n'en ai jamais connus de si intenses.

Demain, nous grimperons à Névrasque, pour la dernière fois.

Ses larmes ont franchi le barrage

Des herbes hautes grimpent jusqu'à nos épaules.

J'ai bien fait d'acheter cette serpe. Les épines crochent dans ma veste. J'ai chassé mon appréhension de ce qui va suivre par un rêve d'enfance. Je suis dans la jungle lointaine et j'ouvre un chemin jusqu'au temple perdu. Derrière moi, la longue file des porteurs et, tout autour, des tribus cannibales affûtent leurs sagaies sur fond de tam-tams. Le cinéma me sert à quelque chose, à dépasser le présent. Mais, au fait, n'est-ce pas là son rôle, peut-être le seul qu'il possède vraiment ?

Les ronces coupées se défont en longs rubans. Il reste dix mètres, même pas. Lorna suit avec les deux bêches.

J'enfonce à présent dans les feuilles mortes : le vent doit s'engouffrer à chaque automne entre les échancrures de la montagne, et elles s'entassent ici, formant un tapis rouillé et élastique.

Nous y voilà. Quatre coups de serpe à la volée et, par ce dégagement, j'aperçois le tronc du châtaignier. Ce n'est pas aussi difficile qu'il nous l'avait semblé. Les tiges de lierre, rugueuses et épaisses comme des cordages de vieux navires, ont cisaillé l'écorce. Je coupe tout autour de moi, furieusement. Je suis en nage : vas-y, mister Bond ! Cet arbre a quelque chose de monstrueux. Comment peut-il être encore vivant alors qu'il est étranglé de toutes parts, jusqu'au-delà des branches maîtresses ?

Nous avons de la chance que ce soit l'hiver. Ici, l'été, tout doit être impénétrable.

Derrière mon dos, Lorna dépose les outils sur le sol.

– C'est ici, dit-elle, Noémie a dit le troisième arbre, entre les racines.

J'ai mal dans les mâchoires à force de serrer les dents. J'ai de la difficulté à parler :

– Je vais commencer, ce n'est peut-être pas nécessaire que tu restes là.

– Tu as toujours eu tendance à considérer les femmes comme des êtres fragiles. Je peux voir un squelette sans tomber dans les pommes.

– Bonne nouvelle. Tu me remplaceras quand je serai épuisé.

Premier coup de bêche. Je pèse de tout mon poids avec le talon sur le fer de l'outil. La terre est plus dure que je ne le pensais, mais les choses s'arrangent au fur et à mesure que j'atteins des couches plus profondes.

Le sol est noir et meuble, à présent l'acier s'enfonce sans résistance. De longs vers zigzaguent entre les mottes.

À chaque coup donné, je scrute les creux à la recherche de l'éclat terne et blanc d'un os.

S'il pouvait ne rien y avoir ! Je le souhaite de toute mon âme. Quelle lâcheté ! mais quel soulagement... Rien, une invention de vieille femme névrosée. Des années dans un village presque vide à partager la vie d'un romancier sans talent, de quoi devenir totalement cinglée.

J'ai dû dépasser les vingt centimètres de profondeur. Le trou forme une cavité, un trapèze, plus exactement. Je ne trouverai rien, elle est folle, nous le sommes de la croire. Je ne devrais pas répondre systématiquement aux désirs de Lorna, elle m'a trahi, et elle ne pense qu'à sauver sa fille, même au prix de cette mascarade.

Je creuse de plus en plus vite, la terre retombe, s'éboule, je la repousse. Je serai plus à mon aise pour creuser au fond du trou qu'en restant sur les bords, je vais me péter le dos à pelleter de cette façon, et...

– Arrête-toi.

Je m'immobilise. Le tranchant de la bêche brille, une couleur d'acier argenté, dangereuse. Pourquoi Lorna a-t-elle crié ?

– Il y a quelque chose derrière ton talon gauche.

Sans bouger les pieds, je me retourne, jette un coup d'œil par-dessus mon épaule.

Nous y voilà.

Une ligne blanche couleur de coquille d'œuf.

Je sors du trou. C'est un fémur ou un radius, difficile à dire, un os long, en tout cas. Je regarde Lorna. Elle a pris la même couleur que ce que nous venons de découvrir. Je m'accroupis. Un bout d'étoffe sort, on devine des petits carreaux, des couleurs de drap d'enfant. C'est dans ce linge qu'ils ont dû l'envelopper.

Il va falloir s'y prendre avec précaution à présent.

Je dépose la bêche sur le côté et m'agenouille. Je vais essayer de dégager les os avec les gants, ce sera plus long mais je ne briserai rien. Je me demande pourquoi le fait de ne pas casser ces ossements sans doute friables a pris, pour moi, une telle importance. Respect des morts ? Sens du sacrilège ? Le linceul se dégage peu à peu. Lorna s'est avancée.

– Tu n'es pas obligée, dis-je.

– Je veux t'aider.

Je creuse avec les mains, recueillant le terreau dans la conque de mes paumes. À chaque fois, un filet de poussière s'infiltre entre mes doigts serrés. L'odeur est forte, un parfum de champignon coupé, de racines, toute une végétation comprimée, soudain libérée, et qui s'exhale, violente, vers l'air libre.

Lorna tire sur le linceul qui se déchire à moitié mais elle bascule son contenu, la cage terreuse des côtes apparaît, un blanc de silex gratté. Une enfant. Si petite.

Un effondrement léger de la pente qui recouvre le haut du squelette se produit.

– On y est presque, dis-je, je vais chercher le sac.

Elle ne me répond pas. Elle a enlevé ses gants et ses doigts écartent avec douceur l'humus qui recouvre la rotondité crânienne.

J'ai ouvert la fermeture à glissière du sac.

– On va la mettre dedans d'un coup, dis-je, les os sont encore suffisamment durs, on ne risque pas de...

– Tais-toi...

Elle a à peine chuchoté. Instinctivement, je me suis accroupi davantage. Je l'interroge du regard : elle est statufiée. Quelque chose est en train de se produire, mais j'ignore quoi.

Sa bouche s'approche et frôle mon oreille.

– Il y a quelqu'un, dit-elle, tout près de nous.

J'écoute sans effectuer le moindre mouvement. Des froissements d'herbes. Cela ne veut rien dire : une brise agite les branches les plus hautes.

– Tu es sûre ?

Ses yeux me semblent démesurés. Elle opine de la tête. Son bras se lève et pointe dans la direction de la maison, du sentier que nous venons de prendre. Quelqu'un nous a suivis, nous ne sommes pas les seuls visiteurs. Rien d'exceptionnel à cela, après tout, un ou plusieurs randonneurs égarés, des amateurs de villages abandonnés et de vieilles pierres. C'est plutôt nous qui allons avoir du mal à expliquer ce trou fraîchement creusé, ce cadavre... Nous devons savoir.

Je me lève brusquement.

– Il y a quelqu'un ?

Ma voix rebondit à trois reprises dans le cirque qui nous fait face. L'écho meurt lentement, cédant la place au silence.

– Tu t'es trompée, il n'y a personne.

– Je suis sûre de moi, c'était dans le sentier, quelque chose a bougé puis a disparu très vite.

Un curieux. Un vagabond.

– Je vais voir dans le sentier, dis-je, ne bouge pas d'ici, si tu vois quelqu'un, tu appelles.

J'ai pris la serpe. Elle ne pourrait pas m'être d'une grande utilité, j'ai déjà ouvert le chemin à l'aller, mais je ne sais pour quelle raison je ne serais pas retourné sur mes pas sans l'avoir à la main... Une sécurité.

Le silence est total, seul, sous mes semelles, le bruit juteux des feuilles écrasées. Lorna s'est trompée.

Me revoici derrière les premiers murs effondrés des anciennes maisons du village. Les ronces séchées grimpent jusqu'à recouvrir les ruines. J'ai failli me tordre une cheville sur les dalles disjointes d'un perron. Je suis à présent au centre de l'ancienne place.

– Il y a quelqu'un ?

L'écho encore, quatre fois réverbéré. Je tourne lentement sur moi-même.

Rien. Qui se cacherait ici ? Pourquoi ?

Par acquit de conscience, je me dirige au hasard vers l'une des maisons. Le bois de la porte a cédé mais j'ai du mal à écarter le battant. En poussant, j'arrive à m'introduire dans ce qui a dû être une chambre. Je retrouve l'odeur de terre. Il fait très sombre, la lumière n'arrive que par une fenêtre étroite que l'épaisseur des toiles d'araignées a rendu opaque. La vigne vierge s'est introduite à l'intérieur et a recouvert un des murs. La rampe de l'escalier qui monte à l'étage s'est effondrée. Je ressors.

J'entends un oiseau, très haut, peut-être un nocturne que j'ai dérangé et qui a fui, éperdu de la violence de la lumière. Je n'arrive pas à discerner à contre-jour la forme de ses ailes.

Je rebrousse chemin et c'est à mi-parcours que je m'aperçois que je n'ai pas cessé de serrer le manche de ma serpe, avec une telle force que les jointures de mes doigts sont douloureuses.

Lorna m'attend. Elle ne semble pas avoir changé de position, à genoux devant l'excavation.

– Il n'y a personne, dis-je, je suis allé jusqu'au village, j'ai appelé, je n'ai rien trouvé.

– Moi si, dit Lorna. Regarde.

Je me suis approché de la fosse. Lorna était parvenue à extraire complètement le cadavre de sa gangue. Le petit squelette reposait à présent sur le dos. On voyait à travers les côtes qui formaient un bréchet d'oiseau les lambeaux du drap à carreaux bleu et blanc dans lequel il avait dormi toutes ces années.

De l'endroit où je me trouvais, je ne pouvais voir de la tête que la bouche béante. Dans la mâchoire supérieure, on apercevait, maculées de terre, plusieurs dents dont l'émail brillait. Elles m'ont paru si petites que j'ai réalisé alors qu'il s'agissait de dents de lait : Angélique n'avait que quatre ans lorsqu'elle était morte.

Je me suis déplacé, cherchant à voir ce qui avait attiré l'attention de Lorna. Ce terme était faible : quelque chose devant ce spectacle semblait l'hypnotiser.

Je suis venu me placer à côté d'elle et j'ai vu. Personne n'aurait pu ne pas voir : de la tempe gauche jusqu'au milieu de la voûte crânienne, la crevasse était nette, tranchée. Suffisamment large pour que de la glèbe noire s'y soit accumulée. Un coup terrible, évidemment mortel. Je ne suis pas médecin légiste mais il n'était pas besoin de l'être pour comprendre que le coup avait été d'une violence inouïe, porté avec une pelle, un outil dangereux, quelque chose de lourd et d'affûté. Mes jambes ont commencé à trembler et je me suis agenouillé à côté de Lorna.

– Un empoisonnement, hein ? C'est bien ce qu'elle t'a dit ?

– Oui, des champignons ou des baies sauvages.

– Même Sherlock Holmes pourrait affirmer que Noémie Belland a menti, dis-je. Je te proposerais bien d'aller chez les flics, mais on aurait peut-être du mal à leur expliquer comment et pourquoi on déterre un squelette dans un village désert.

– Il faut faire ce que l'on a prévu, dit Lorna. Emportons ces restes, on avisera après.

Je suis arrivé avec son aide à ne pas trop disloquer l'ensemble du squelette et à placer le tout dans un sac imperméable suffisamment long pour qu'il repose à plat. Je l'ai soulevé dans mes bras, le tout ne devait pas dépasser trois kilos. J'ai repris une nouvelle fois la direction du village, et Lorna m'a suivi avec les outils que nous venions d'utiliser.

Sur le chemin, je sentais à travers la toile, au creux de ma main, la courbe du crâne par où la mort s'était introduite, foudroyante, inévitable. Qui avait frappé et pourquoi ? Mes bras, mes mains tremblaient à présent et je n'ai pas compris pourquoi, mais mes larmes ont commencé à couler. Je me croyais plus costaud que ça, moins impressionnable, mais j'avais, en cet instant, serrée contre ma poitrine, une enfant morte dont la pensée tourbillonnait dans le cerveau de ma propre fille. Avait-elle su qui la frappait ? Avait-elle compris pourquoi ? Avait-elle été une enfant martyrisée ? Tout cela était fou, tragique, inepte, il me semblait parfois comprendre, une lueur surgissait, je tendais les bras et tout retombait dans le noir... je n'avais pas le temps de saisir l'un de ces fils de lumière qu'il avait déjà disparu dans les ténèbres.

J'ai poussé la grille du cimetière avec le genou. En contournant le mur de la chapelle je me suis aperçu que Lorna ne s'était pas trompée.

Il y avait quelqu'un devant l'une des tombes.

Une fraction de seconde, j'ai cru reconnaître l'être qui se tenait là, debout comme s'il nous attendait, Lorna et moi, de toute éternité.

Noémie.

Je me souviens d'avoir enregistré la présence du vent ce matin-là car, sous le châle, les boucles grises de ses cheveux bougeaient sur son front.

– Vous pouvez la mettre dans ce caveau, dit-elle, c'est celui de ma famille, il y a de la place. Il suffit de faire glisser la pierre, elle n'est plus scellée depuis longtemps.

Je m'approche, dépose le fardeau sur la pierre tombale.

– Vous saviez que nous allions venir ?

Elle ne répond pas, regarde Lorna, et j'ai soudain l'impression qu'il existe un lien entre les deux femmes, un lien plus étroit que celui tissé par leurs rencontres.

Cela ne peut pas durer ainsi, il faut que je me secoue, que je laisse s'enfuir les chimères, elles sont accrochées en moi et, peu à peu, je sens leur venin s'infiltrer dans mes veines.

De l'endroit où nous nous trouvons en ce moment, on ne peut voir le sommet de la montagne. Nous sommes au creux d'un amphithéâtre abrupt dont on a fait disparaître les gradins. Personne ne peut s'échapper de ce monde clos, il est à l'image de celui qui nous enferme, et l'envie me vient de forcer toutes les portes, de m'élancer tête la première.

– Cette gosse a été tuée, dis-je, nous allons vous dénoncer, la police va venir.

Pourquoi sourit-elle ? Pourquoi semble-t-elle ne rien craindre de nous ? Comme si elle se trouvait déjà dans un monde où plus rien n'a prise sur elle.

– Pourquoi avez-vous menti ? Que s'est-il passé exactement ?

– C'est Simon, n'est-ce pas ?

Lorna a posé la question comme si elle n'attachait pas trop d'importance à la réponse, elle a pris le ton anodin de ceux qui demandent à une parente au loin si le temps est beau, si les enfants vont bien. Bien sûr qu'ils vont bien, les enfants, s'ils allaient mal on en aurait déjà parlé... Une interrogation de politesse.

Noémie n'a pas cessé de sourire.

– Non, dit-elle, ce n'est pas Simon, c'est moi.

Vieille dame souriante et gentille, les joues sont douces, usées, des joues pour que les petits enfants y déposent des bises rieuses, mémé gâteau aux robes noires et aux mains sanglantes.

– Je savais que vous viendriez, dit-elle, je l'ai compris hier, dans l'église. Je pensais que vous vouliez vous recueillir à l'endroit où elle reposait, et je vous l'ai indiqué. J'ai eu tort mais c'était trop tard. Je n'ai pas dormi cette nuit, j'ai réfléchi et j'ai pensé que si vous vouliez tellement savoir où elle se trouvait, c'était pour l'arracher de la terre où nous l'avions enfouie pour la mettre dans un endroit où elle pourrait dormir en paix. Je suis montée très tôt ce matin au village, et je vous ai vus sortir de la voiture avec des pelles : j'ai compris que j'avais raison.

– Racontez-nous tout, dit Lorna, la seule chose qui nous importe, c'est la vérité, ne vous inquiétez pas du reste. Si vous avez tué cette enfant, cela ne regarde que vous. Si vous êtes arrivée à vivre avec ce poids sur la conscience, depuis tant d'années, c'est que nous ignorons quelque chose.

– Simon devait le faire, dit Noémie, il l'avait promis, et puis il n'a pas pu, il pleurait trop, il n'y voyait plus, je lui ai pris la bêche des mains et j'ai frappé. Un seul coup a suffi.

– Pourquoi ? demande Lorna. Pourquoi ce meurtre ? Vous étiez sa mère.

– Oui, dit Noémie, et je l'aimais. Je l'aimais parce que c'était Simon le père, et qu'il m'avait fait ce cadeau magnifique, ce bébé si petit que j'ai baigné chaque matin de son premier été, dans l'eau claire du torrent. Elle était à nous. À nous seuls. Nous n'avons vécu que pour elle, nous ne pensions l'avenir qu'avec elle. Quand elle est née, Simon avait décidé que, dans deux ans, nous redescendrions à la ville, il nous faudrait rentrer dans le rang, dans la société, c'en serait fini de notre vie ici. Il le regrettait, je le sentais bien, mais Angélique devrait aller à l'école. Il continuerait à écrire, il pensait pouvoir gagner un peu d'argent avec ses histoires, moi je n'étais pas paresseuse, je trouverais facilement du travail. Angélique grandirait...

Noémie s'est animée au fur et à mesure que se déroule son récit. Elle s'est assise doucement sur le vieux granit où les noms s'effacent.

– Qu'est-ce qui est arrivé, dis-je, qu'est-ce qui a mis fin à ces beaux projets, et vous a transformée en meurtrière ?

– Je ne voulais pas, dit Noémie, j'ai tenu bon quatre ans et puis, un soir, je ne l'ai plus trouvée : elle s'enfuyait souvent, mais cette fois c'était pire, je l'ai appelée jusqu'à ce que la nuit vienne, Simon était parti jusqu'aux crêtes avec une lanterne, et nous sommes tombés dessus à la nuit noire, au moment où nous désespérions.

Ses lèvres remuent dans le vide, les mots ne passent plus.

– Que faisait-elle ? demande Lorna.

Le fichu de Noémie Belland a glissé sur ses épaules, le visage ravagé apparaît, livré au flamboiement du jour.

– Un rat, dit-elle, un rat fouisseur, un de ceux qui tuent les poules dans les fermes.

Ses yeux se noient à présent, le ciel s'y reflète, s'inonde, disparaît.

– Elle le mangeait, vivant. Je l'ai vu, la bête couinait : c'est à ce moment-là que nous avons décidé. Moi, je ne savais pas, mais Simon m'a expliqué qu'il s'était renseigné, qu'il avait lu des livres, qu'elle ne guérirait jamais.

Lorna avance de deux pas et serre l'avant-bras de la vieille femme.

– Vous savez le nom ? Le nom de sa maladie ?

– Elle était folle, dit Noémie, folle à lier, le mot n'existait pas pour nous à l'époque, mais aujourd'hui je sais que...

– Elle était autiste ?

Noémie regarde son bras prisonnier, la femme qui lui fait face et, lorsque ses paupières se ferment, elle parle.

– Oui, dit-elle, c'est ça, elle était autiste.

Ses larmes ont franchi le barrage.

Épilogue

Deux années se sont écoulées depuis ces événements.

Lorna et moi sommes passés par bien des périodes différentes. Il y a eu de la déception d'abord... Je me souviens que, lorsque nous avons regagné Paris après avoir enseveli la fille de Noémie Belland dans le cimetière de Névrasque, nous étions certains de retrouver Clara guérie.

Elle ne l'était pas. Elle ne l'est toujours pas.

Morlon n'a pas été surprise. Elle nous a longuement expliqué que, l'esprit humain n'étant pas une chose simple, durant des années les pensées de Clara avaient été tellement perturbées, violentées nuit et jour par une présence étrangère que, même débarrassé, son cerveau mettrait du temps, beaucoup de temps, à retrouver ses marques. Il lui fallait réapprendre à penser seule, et ce ne pouvait être rapide.

Il est indéniable que des progrès ont été accomplis. Clara ne connaît plus ces crises brutales qui la secouaient, ni ces longues périodes compulsives qu'on redoutait de ne voir jamais cesser... Les cris se sont modulés, ils paraissent parfois s'articuler entre eux, il semble qu'elle invente peu à peu un langage à elle, une sorte de musique personnelle qu'il nous arrive parfois de pouvoir décrypter.

Et puis il y a eu quelquefois des sourires.

Pas vraiment des sourires, sans doute les muscles et les terminaisons nerveuses qui commandent le mouvement de ses lèvres ne savent-ils pas parvenir à ce résultat, tout de même, on perçoit une impression fugace de contentement, voire de joie, sur ce visage resté si longtemps inexpressif.

Malgré tout, l'espoir n'est plus aujourd'hui du domaine du rêve, il est devenu une possibilité réelle, peut-être un jour Clara marchera-t-elle seule dans les rues, peut-être parlera-t-elle... Il arrive, certains soirs, qu'elle s'endorme entre les bras de sa mère, qu'une tendresse s'insinue en elle, comme si elle recevait une huile bienveillante qui allait remettre en route cette délicate machine qu'est l'âme d'une enfant.

Il est une question que nous n'évoquons jamais, Lorna et moi : ces progrès qui sont indéniables, sont-ils dus à ce qui s'est passé, à cette folle histoire de réincarnation, à la thèse de Dandworth, ou sont-ils dus, plus naturellement, aux soins qui lui sont prodigués, à la médication, à une évolution positive de la maladie ?

Nul ne peut le dire, et je ne vois pas très bien qui le dira jamais. Si on s'en tient aux faits, on peut penser que les événements de Névrasque semblent avoir accéléré l'amélioration. Je dis « semblent » car on peut admettre que les deux séries de faits étaient indépendantes, il n'y a pas réellement de lien de cause à effet.

Et pourtant...

Je revois souvent ce matin en Ardèche, le hameau perdu dans les collines et la vieille dame assise sur la tombe.

Lorna s'était approchée d'elle et lui avait pris les mains pour l'aider à raconter encore. Seule celle qui avait fui pouvait confesser celle qui avait tué, peut-être elle seule en avait-elle le droit.

Je ne suis intervenu qu'une fois dans leur dialogue. Il s'agissait pour moi de savoir comment les textes du roman de Simon Calard avaient pu s'inscrire dans la mémoire d'une enfant pour se transmettre ensuite à Clara.

– Où était Angélique pendant qu'il vous dictait ses livres ?

– Dans la pièce, nous l'attachions au pied de la table pour qu'elle ne puisse pas s'enfuir.

– Que faisait-elle ?

– Rien.

C'est ce qu'ils avaient cru. Elle écoutait. Elle avait tout enregistré, tout retenu. Il me semblait voir la scène.

Dans le silence d'un monde mort, le crissement d'une plume, la voix d'un homme et chaque mot s'inscrivant, à l'insu de tous, dans l'esprit de la fillette, avec, à sa cheville, la corde qui l'entravait... Seuls tous les trois sur l'écorce du monde.

La vie a repris. Tous les gens qui, peu ou prou, ont approché le cinéma savent que les tournages les plus compliqués sont ceux qui se déroulent dans la neige ou dans les dunes de sable. C'est sans doute la raison pour laquelle Malorin a produit *Les Deux Déserts*. Je le vois nettement signer les contrats en se pourléchant les babines à la simple pensée des difficultés que les équipes rencontreraient. Ça n'a pas manqué, les deux semaines en Laponie finlandaise ont été redoutables, j'en suis à peine remis que le départ pour le désert tunisien s'annonce. Aux dernières nouvelles de la météo, la température ne descend guère sous les quarante degrés. J'y serai dans quatre jours pour une vérification des repérages.

Je m'étonne parfois d'un phénomène : je me suis trouvé placé au cœur d'une aventure qui m'oblige à penser que le surnaturel existe, que le monde explicable est beaucoup plus étroit que nous le pensons. Ainsi, j'ai vu Clara tracer des lettres, des mots qui avaient été écrits et enregistrés bien des années auparavant par une mémoire qui n'était pas la sienne... Sarah Kepmal a bien lu sur sa bouche le nom du village où reposait Angélique, celle-là même qui possédait le souvenir de ces écrits, deux preuves indubitables que quelque chose existe que nous ignorons, quelque chose qui relie les morts et les vivants, un lien ténu que personne encore n'a réellement exploré. Ce lien dans l'histoire que nous venons de vivre a uni deux enfants, deux enfants que nous appelons anormaux, en référence aux critères qui sont les nôtres. Est-ce par eux que le grand mystère de l'après-mort sera éclairci ?

Morlon et Zafran continuent leurs travaux, à pas retenus, à pas prudents, ils évoluent dans un domaine de la connaissance scientifique particulièrement miné : un faux pas, une simple parole imprudente, et ils seront classés dans le rang des charlatans qui ne manquent pas dans ce domaine.

Nous n'avons jamais revu Noémie Belland. À quoi bon ? Un soir, il y a six mois environ, Lorna m'a avoué avoir eu envie que sa fille meure et avoir pensé à la tuer. Cette envie avait été d'ailleurs l'une des raisons de son départ de la maison. Comment aurait-elle pu condamner une mère qui, elle, était passée à l'acte ? Il y avait trop de sang, de larmes et de désespoir pour en ajouter. Il ne restait qu'une vieille femme seule qui avait vécu la plus merveilleuse et la plus effroyable des vies.

Clara n'a jamais plus écrit une seule ligne. Elle continue à remplir ses cahiers de dessins aux couleurs pimpantes, ce sont des pages troublantes car on devine à la fois l'impossibilité de reproduire le réel qui l'entoure, en même temps quelque chose perce dans cette explosion de lignes et de formes, quelque chose d'indéfinissable, comme une tentative pour communiquer sur le papier une fête intérieure, vivace et tourbillonnante.

Ce soir, remise des Césars.

C'est mon cauchemar.

La raison en est simple : chaque année ou presque, la boîte bénéficie au moins d'une récompense : César du meilleur acteur, César du meilleur son, du meilleur espoir féminin, des meilleurs costumes, etc., etc. Par une sorte de malédiction, la personne récompensée n'est jamais présente ce soir-là. L'année dernière, Fernande, notre Fernande bien-aimée, était nominée dans la catégorie monteuse. Elle a commencé à vomir quinze jours avant la soirée fatidique, et a décidé, pour éviter de gerber devant l'assemblée des professionnels et deux ministres, de me refiler le bébé en cas de confirmation du César...

Bref, c'est moi que l'on expédie au casse-pipe, sous prétexte que je suis le seul de la production à posséder un smoking, démodé d'ailleurs, et surtout le seul capable de tourner un compliment sans faire trois fautes de syntaxe.

Je suis très conscient du spectacle incongru que je peux offrir lorsque, après que les résultats sont proclamés : « Fernande Saxa, meilleure monteuse pour *Proxo* ! », on me voit débouler, moi. Je sens parfaitement en cet instant l'agacement de la salle et des téléspectateurs, ils sont en train de se dire qu'elle pourrait tout de même faire un effort, la mère Saxa, que c'est pas demain qu'on va lui refiler une autre distinction, et que, si elle s'en fout, on aurait pu la donner à une autre tout aussi méritante. Je dois alors inventer une excuse qui ne trompe personne, et je repars avec ma sculpture sous le bras, en priant le ciel que ce ne soit pas nous qui gagnions le prix du meilleur film, car le réalisateur a pris soin de partir tourner à Tokyo... Quant à Malorin, il est en train de ricaner chez lui, les pieds dans ses pantoufles.

Cette année, c'est le scénariste de *Court Voyage* qui est nominé. Lui ne vomit pas mais ses convictions professionnelles, morales et déontologiques lui interdisent de participer à ce genre de manifestations petites-bourgeoises. C'est donc évidemment moi, qui n'ai pas les moyens d'avoir des convictions aussi affirmées, qui m'y colle...

Lorna a resserré autour de mon cou le nœud de ma cravate-papillon, m'a jeté un œil observateur et m'a fortement déconseillé d'entrer dans un café si je ne voulais pas risquer de m'entendre commander un demi par un client.

– Le César du meilleur scénario est...

Non, un autre, n'importe qui, mais pas ce con de Boscard...

– ... attribué à François Boscard pour *Court Voyage.*

Et c'est reparti. Il faut, en plus, que j'aie l'air heureux, content d'avoir gagné, que je remercie tout le monde, le jury et moi-même, un vrai gag...

Je m'extirpe de la rangée, traverse la salle, les caméras sont dirigées vers moi, je sens le regard attendri de Lorna qui suit sur l'écran du téléviseur à la maison, l'œil sarcastique de Malorin, et tous les autres qui s'en foutent.

– François Boscard regrette d'autant plus de n'être pas ce soir parmi nous que...

Je m'embrouille un peu dans mon speech, embrasse la joue d'une star hollywoodienne descendue de son socle, serre les mains des présentateurs, du président et je regagne ma place, tranquille pour une année. Je n'ai même plus la force de me jurer que cette fois est vraiment la dernière, je n'y crois plus depuis belle lurette.

J'ai pu trouver un taxi sur le boulevard. Dans le rétroviseur le chauffeur lorgne sur la statue que je tiens sur mes genoux.

– Vous jouez dans quoi ?

– Dans rien, dis-je, je suis producteur.

Il hoche la tête. Manifestement, je ne l'intéresse plus.

– C'est dommage, si vous aviez été acteur je serais allé voir le film, et j'aurais pu dire : « Le mec qui joue dans ce film-là, je l'ai eu dans mon taxi. »

– Je suis navré, dis-je.

Il réfléchit et indubitablement a du mal à conduire en même temps. Il reste bloqué à tous les feux rouges.

– Moi, dit-il, si je bossais dans le cinéma je jouerais parce que, sans ça, je vois pas l'intérêt.

– C'est un point de vue qui se défend, dis-je, vous pourriez jouer les chauffeurs de taxi.

Cette remarque n'a pas l'air de l'enchanter. Avec raison...

– Avec la tête que j'ai, certains clients me disent que je pourrais jouer dans des films de durs, des polars ou alors des corsaires, des films d'action. Qu'est-ce que vous en pensez, vous, puisque vous êtes de la partie ?

C'est vrai qu'il a une tête de teigneux, ça m'a décidé à lui laisser un bon pourboire. Je suis rentré chez moi.

Lorna m'attendait dans le salon, la télé était allumée, mais elle avait baissé le son. Je la distinguais mal, assise sur le divan.

– Comment c'était ? Magnifique, non ?

Elle n'a pas répondu. Elle avait une drôle d'expression, un regard comme je n'en avais jamais vu auparavant.

Quelque chose s'était passé, quelque chose d'important, et je n'ai pas eu à lui demander ce que c'était.

– Nous étions toutes les deux assises sur le divan, à regarder l'écran. Clara était calme, si calme que j'ai cru qu'elle s'était endormie, et puis il y a eu un gros plan sur toi.

– Et alors ?

– Elle a eu une sorte de sursaut et son bras s'est levé. Elle t'a désigné de l'index en murmurant quelque chose que je n'ai pas compris, elle s'est tournée vers moi, le bras toujours tendu avec une interrogation au fond des yeux. Elle t'a reconnu.

J'ai les jambes un peu coupées. Cela n'était jamais arrivé.

Dans l'obscurité de la pièce, les rares lumières m'ont paru se condenser dans les yeux de Lorna.

– On a gagné, dit-elle, maintenant j'en suis sûre.

Elle est venue contre moi, et nous sommes restés longtemps debout, plantés au centre de la pièce. Il y a eu un bruit léger contre les baies vitrées, et il a commencé à pleuvoir : c'était lent et doux, une caresse mouillée sur les toits endormis d'une ville.

J'ai su que ce calme serait le nôtre dorénavant, le chemin serait long encore, mais il aurait une fin : un jour plus ou moins lointain, plus ou moins proche, une fillette jouerait ici, sur ce tapis, triste, joyeuse, sage, exaspérante, peu importe, une fillette vivante avec ses mots, ses rires, ses larmes.

Je ferme les yeux et laisse la paix m'envahir.

Peut-être suis-je incorrigible. Même en cet instant, je n'arrive pas à me dire que cette victoire, nous l'avons obtenue en obéissant à la volonté d'une enfant semblable à la nôtre et morte depuis des dizaines d'années... Un jour peut-être je réussirai à y croire, peut-être n'y arriverai-je jamais.

Il pleut toujours. Le bruit des gouttes ralentit, ce sera la musique de cette nuit, et je suis prêt à prendre le pari : il fera beau demain.

Suzanne Cornier nous a quittés depuis quelques mois. En partant, le dernier soir, elle nous a raconté une étrange histoire : elle affirme qu'en entrant dans la chambre de Clara elle l'a trouvée un jour assise sur son lit, et qu'au terme d'un effort qui déformait ses traits, l'enfant aurait murmuré quelque chose qu'elle n'est pas sûre d'avoir compris tant sa surprise fut grande, un bredouillement peut-être sans signification, mais cependant elle a cru discerner trois mots assez distinctement : « Je suis deux. »

J'ai rapporté cette histoire à Morlon qui l'a consignée dans le dossier de ma fille. Je suppose qu'elle l'a fait suivre d'un point d'interrogation. Avant de partir, j'ai pu lire à l'envers ce que la doctoresse avait écrit sur la couverture cartonnée lorsqu'elle la referma :

« LE SILENCE DE CLARA »

Table

LIVRE III

Du même auteur

aux Éditions Albin Michel :

LAURA BRAMS
HAUTE-PIERRE
POVCHÉRI
WERTHER, CE SOIR
RUE DES BONS-ENFANTS, prix des Maisons de la Presse 1990
BELLES GALÈRES
MENTEUR
TOUT CE QUE JOSEPH ÉCRIVIT CETTE ANNÉE-LÀ
VILLA VANILLE
PRÉSIDENTE
THÉÂTRE DANS LA NUIT
PYTHAGORE, JE T'ADORE
TORRENTERA
LE SANG DES ROSES
JARDIN FATAL
LA REINE DU MONDE

Chez Jean-Claude Lattès :

L'AMOUR AVEUGLE
MONSIEUR PAPA, porté à l'écran
E = MC2 MON AMOUR, porté à l'écran sous le titre *I love you, je t'aime*
POURQUOI PAS NOUS ? porté à l'écran sous le titre *Mieux vaut tard que jamais*
HUIT JOURS EN ÉTÉ
C'ÉTAIT LE PÉROU
NOUS ALLONS VERS LES BEAUX JOURS
DANS LES BRAS DU VENT

Composition réalisée par NORD COMPO

Achevé d'imprimer en mai 2006 en France sur Presse Offset par

BRODARD & TAUPIN

GROUPE CPI

La Flèche (Sarthe).
N° d'imprimeur : 35649 – N° d'éditeur : 70252
Dépôt légal 1re publication : juin 2006
LIBRAIRIE GÉNÉRALE FRANÇAISE – 31, rue de Fleurus – 75278 Paris cedex 06.

31/1731/4